外国人のための日本語　例文・問題シリーズ 1

副　　　　詞

茅 野 直 子

秋 元 美 晴

真 田 一 司

共著

日本荒竹出版　授權

鴻儒堂出版社　發行

監修者の言葉

このシリーズは、日本国内はもとより、欧米、アジア、オーストラリアなどで、長年、日本語教育にたずさわってきた教師三十七名が、言語理論をどのように教育の現場に活かすかという観点から、アイデアを持ち寄ってできたものです。私達は、日本語を教えている現職の先生方に使っていただくだけでなく、同時に、中・上級レベルの学生の復習用にも使えるものを作るように努力しました。

このシリーズの主な目的は、「例文・問題シリーズ」という副題からも明らかなように、学生には、今まで習得した日本語の総復習と自己診断のためのお手本を、教師の方々には、教室で即戦力となる例文と問題を提供することにあります。既存の言語理論および日本語文法に関する諸学者の識見を無視せず、むしろ、それを現場へ応用するという姿勢を忘れなかったという点で、ある意味で、これは教則本的実用文法シリーズと言えるかと思います。

従来、文部省で認められてきた十品詞論は、古典文法論ではともかく、現代日本語の分析には不充分であることは、日本語教師なら、だれでも知っています。そこで、このシリーズでは、品詞を自立語では、動詞、イ形容詞、ナ形容詞、名詞、副詞、接続詞、数詞、間投詞、コ・ソ・ア・ド指示詞の九品詞、付属語では、接頭辞、接尾辞、(ダ・デス、マス指示詞を含む)助動詞、形式名詞、助詞、助数詞の六品詞の、全部で十五に分類しました。さらに細かい各品詞の意味論的・統語論的な分類については、各巻の執筆者の判断にまかせました。

また、活用の形についても、未然・連用・終止・連体・仮定・命令の六形でなく、動詞、形容詞とともに、十一形の体系を採用しました。そのため、動詞は活用形によって、u動詞、ru動詞、行く動詞、来る動詞、する動詞、の五種類に分けられることになります。活用形への考慮が必要な巻では、巻頭に活用の形式を詳述してあります。

シリーズ全体にわたって、例文に使う漢字は常用漢字の範囲内にとどめるよう努めました。項目によっては、適宜、外国語で説明を加えた場合もありますが、説明はできるだけ日本語でするように心がけました。

教室で使っていただく際の便宜を考えて、解答は別冊にしました。また、この種の文法シリーズでは、各巻とも内容に重複は避けられない問題ですから、読者の便宜を考慮し、永田高志氏にお願いして、別巻として総索引を加えました。

私達の職歴は、青山学院、獨協、学習院、恵泉女学園、上智、慶應、ICU、名古屋、南山、早稲田、国立国語研究所、国際学友会日本語学校、日米会話学院、アイオワ大、朝日カルチャーセンター、アリゾナ大、イリノイ大、メリーランド大、ミシガン大、ミドルベリー大、ペンシルベニア大、スタンフォード大、ワシントン大、ウィスコンシン大、アメリカ・カナダ十一大学連合日本研究センター、オーストラリア国立大、と多様ですが、日本語教師としての連帯感と、日本語を勉強する諸外国の学生の役に立ちたいという使命感から、このプロジェクトを通じて協力してきました。

国内だけでなく、海外在住の著者の方々とも連絡をとる必要から、名柄が「まとめ役」をいたしましたが、たわむれに、私達全員の「外国語としての日本語」歴を合計したところ、580年以上にも及びました。この600年近くの経験が、このシリーズを使っていただく皆様に、いたずらな「馬齢の積み重ね」に感じられないだけの業績になっていればというのが、私達一同の願いです。

このシリーズをお使いいただいて、Two heads are better than one.（三人寄れば文殊の知恵）とお感じになるか、それとも、Too many cooks spoil the broth.（船頭多くして船山に登る）とお感じになったか、率直な御意見をお聞かせいただければと願っています。

この出版を通じて、荒竹三郎先生並びに、荒竹出版編集部の松原正明氏に大変お世話になりましたことを、特筆して感謝したいと思います。

一九八七年　秋

ミシガン大学名誉教授
上智大学比較文化学部教授　名柄　迪

はしがき

この本は、中級から上級程度の日本語学習者を対象にした、副詞の学習書です。学習者がこれまで学んできた副詞の復習や整理、また副詞を実際に自分のものとして、使えるようになることを目的にしているため、各々の項目には解説文、例文だけでなく、練習問題もつけてあります。

本書では紙面の関係上、文化庁の『外国人のための基本語用例辞典（第二版）』を基に、頻度の高いもののみを扱いました。特に擬音語・擬態語はこのシリーズの別巻で取り上げられる予定ですので、かなり省きました。また、本書では名詞（例　あした）、形容詞（例　はやい→はやく）、形容動詞（例　立派→立派に）の副詞的用法のものは省きました。ただし、動詞「する」を伴うもので、頻度数の多いもの（例　びくびくする）は入れてあります。

副詞だけをまとめた学習書としては、これが初めての試みだと思いますので、多くの不備があるかと思われます。諸先輩の今後の御指導をいただくとともに、足りない点を補って御使用くださいますように、お願い申し上げます。

一九八七年十月

著　者

目次

第六章　決まった言い方を伴う副詞

本書の使い方

本書の項目別の分類の仕方は、外国人の学習者が理解しやすいように、状況、状態別等にしたがって配列したものです。したがって学習者は必要に応じ、どの項目からでも学習することが可能です。

各項目の構成は㈠ことばの提示、㈡解説、㈢例文、㈣練習問題からなっています。特に、「解説」の部分は学習者が理解できるよう、平易な文章が使われていますので、独習用としても使えます。また、学習者が、これまで習得した副詞の復習をする場合などには、練習問題が役立つと思います。練習問題の解答は別冊になっていますが、完成文の問題には独習者のために解答例をつけておきました。

学習者は、副詞を学ぶことによって、日本語の意味がより深く理解でき、より日本語らしい文章が書けるようになることでしょう。現場の先生方にも、作文指導の一環として、あるいは読解指導の例文の一部として、お使いいただけたらと思います。

第一章　時および頻度を表す副詞

〔一〕

習慣、頻度《ひんど》などを表す言い方(1)

1　**いつも**　どんな時でも常に、変わらないようす。

(1)　私は、いつも八時に家を出る。

(2)　人間は、いつも健康《けんこう》でいられるとは限らない。

2　**しじゅう**〔始終〕　いつも、絶えず、何かをする。あるいは、いつも同じ状態がくり返されるようす。

(1)　父は、始終文句ばかり言っている。

(2)　あの夫婦《ふうふ》は、始終もめている。

3　**しょっちゅう**　いつも何かをしている意味。いい意味では、あまり使われない。話し言葉に多く使われる。

(1)　山田さんと安田さんは、しょっちゅうけんかばかりしている。

(2)　父はしょっちゅうお酒ばかり飲んでいて、仕事を全然しない。

4 **たえず〔絶えず〕** 動作、作用、状態が継続《けいぞく》していることをいう。

(1) 今日は、朝から絶えず雨が降っている。

(2) 家の前の大通りでは、夜でも絶えず車が通っているから、よく眠れない。

5 **つねに〔常に〕** いつも、の意味。「いつも」は話し言葉で多く使われるのに対し、「常に」は書き言葉として多く使われる。

(1) 健康には、常に注意をしている。

(2) アメリカ人は、常に自分の意見を主張《しゅちょう》すると言われている。

6 **ねんじゅう〔年中〕** いつもいつも、何かをする、何かがある状態。

(1) 南の国には、おいしい果物が年中あるそうだ。

(2) 貧乏暇《びんぼうひま》なしで、年中働いていても生活に追《お》われている。

習慣、頻度《ひんど》などを表す言い方(2)

1 **しきりに** 同じ事がくり返し起こったり、続いて起こっているようす。また、熱心にくり返すようす。

(1) このごろ、岡さんがしきりに手紙をくれる。

(2) 彼は女子学生にしきりに話しかけるが、誰も相手にしてくれない。

2 **しばしば** 何度も、その事が多く行われるようす。

(1) 川端康成《かわばたやすなり》も、しばしばこの本屋に立《た》ち寄《よ》ったそうだ。

(2)　鈴木さんは、しばしば事業に失敗したそうです。

3　**たびたび〔度々〕**　物事が何度もくり返されるようす。

(1)　あの人は、仕事で度々イギリスへ行っている。

(2)　山本さんは仕事に度々失敗したので、この間、会社を首になった。

4　**たまに**　度々ではなく、まれに何かをする、何かがあること。「たまにしか」の場合は文末が否定になる。

(1)　毎日忙《いそが》しいですが、たまに映画を見ます。

(2)　青木さんと、たまに会うことがあります。

5　**ときどき〔時々〕**「たびたび」よりは少ない程度に、何かをする、何かがある状態。

(1)　運動不足なので、時々運動するようにしています。

(2)　魚をいつもこの店で買うので、時々サービスしてくれる。

6　**よく**　何回も、ある事をすること。

(1)　松本さんは、よくディスコへ行って踊《おど》っている。

(2)　この会社の株は、よく上がったり下がったりして安定していない。

練習問題〔一〕

上の文と下の文が一つになるように、線で結びなさい。

A

1 木田さんは分からない事は、いつも
2 今年は、中村さんに度々
3 断《ことわ》ってばかりいないで、たまに
4 あの人とは、家の前で時々
5 あのレストランは評判《ひょうばん》が良く、年中
6 語学の上達《じょうたつ》は、絶えず

B

1 学生時代は時間があったので、よく
2 北国では、大雪がしばしば
3 友人が海外旅行をしきりに
4 彼の成績《せいせき》が悪いのは、しょっちゅう
5 この部屋は、常に
6 彼が嫌《きら》われているのは、始終

a 私たちと酒を飲みに行きませんか。
b こんでいて、席のあくのを列《れつ》を作って待つほどだ。
c 人に聞いてばかりで、自分でちっとも調べようとしない。
d 話す練習をする事が大切だ。
e お世話になったから、お歳暮《せいぼ》を贈《おく》ろう。
f 顔を合わせるが、名前は知らない。

a 降るので、屋根から雪を下ろす作業《さぎょう》が大変だそうだ。
b きれいに片づけておいてください。
c 学校を休んでばかりいるからだ。
d 人の悪口《わるぐち》ばかり言って、自分だけが正しいと思っているからです。
e 勧《すす》めるので、ヨーロッパへ行くことにしました。
f 映画を見に行ったものです。

〔二〕ある時間の長さを表す言い方

1　しばらく

a　少しの間、ちょっとの間、の意味。

(1)　今こんでいますので、待合室でしばらくお待ちください。

(2)　いくら電話をしても、お話し中です。しばらくしてから、またかけなおしましょう。

b　長い間。その間～していない、の意味にも使われる。

(1)　しばらくゴルフをしていなかったので、すっかり下手《へた》になってしまった。

(2)　しばらく見ないうちに、お宅のお嬢《じょう》さんは大きくなりましたね。

【注】「しばらく」の慣用的表現《かんようてきひょうげん》。この言葉は、久しぶりに会った時に使われる。

(1)　しばらくぶりに、友達に会った。

(2)　しばらくですね。この前お会いしたのは、いつでしたか。

(3)　先生、しばらくでございました。お元気でいらっしゃいましたか。

2　しゅうし〔終始〕

ある事が行われている間、初めから終わりまで同じ状態が続くようす。

(1)　花嫁は結婚式の間、終始ほほえんでいた。

(2)　会議の間中、部長は終始無言《むごん》だった。

3　ずっと

初めから終わりまで続けて、また、長い間続けて、の意味。「終始」はかたい感じがあるのに対し、「ずっと」は話し言葉として使われる。

(1)　大学に入ってから、ずっと家庭教師のアルバイトをしている。

(2)　今日は電車がこんでいて、東京から鎌倉までずっと立ちどおしだった。

練習問題〔二〕

上の文と下の文が一つになるように、線で結びなさい。

1　日米野球はアメリカ・チームの攻撃《こうげき》が目立ち、日本のチームは
2　私は伊藤君《いとうくん》とは小学校一年から高校卒業するまで、
3　故郷《こきょう》の両親に
4　大学生になってから、私は「人生とは何だろう」と、
5　日中両国の首脳《しゅのう》会談は、
6　気持ちが悪いんだったら、

a　ずっと考え続けている。
b　しばらく会ってないから、今年のお正月には国へ帰ろうと思っている。
c　終始守る一方だった。
d　しばらく横になっていた方がいいですよ。
e　ずっと同じクラスだったから、彼の事だったら何でも知っている。
f　終始なごやかな雰囲気《ふんいき》で行われた。

〔三〕　短時間の後、何かが起こったり、何かをしたりする言い方(1)

1　**さっそく**　時間をおかずに、すぐ何かをするようす。人間の意識的な動作に使う。多少改まった言い方。

(1)　鈴木さんに紹介していただいた病院へ、さっそく今日行ってみました。
(2)　この間の私の手紙にさっそくお返事をくださって、ありがとうございました。

2　**すぐ**　時間をおかないで、早く何かをするようす、および状態。

(1)　すぐ行きますから、駅前の喫茶店《きっさてん》で待っていてください。

(2)　お風呂《ふろ》から出ると、すぐに寝室《しんしつ》に行って寝てしまった。

【注】(1)　簡単《かんたん》に、たやすく、の意味にも使われる。

本田先生はすぐ怒《おこ》るから、学生に嫌《きら》われている。

3　**ただちに**　時間を少しも置かないで、すぐに、の意味。すぐに何かしなければならない理由がある場合に使われる。改まった言い方。

(1)　急病人が出た場合は、ただちに救急車《きゅうきゅうしゃ》を呼んだ方がいい。

(2)　緊急事態《きんきゅうじたい》が発生《はっせい》しました。みなさん、ただちに外に出てください。

4　**たちまち**　動作がきわめて短い時間に行われるようす。すぐに、の意味。話し手の意志が含まれる場合には使われない。

(1)　記念切手は売り出されると、たちまち売り切れになった。

(2)　コンサートの会場は入場開始と同時に、たちまち満員になってしまった。

短時間の後、何かが起こったり、何かをしたりする言い方(2)

(1)の場合より少し時間が長い場合。

1　**いまに〔今に〕**　いつか、近い将来《しょうらい》、の意味。

(1)　今に誰でも宇宙《うちゅう》へ行けるようになる。

(2) あの区役所《くやくしょ》の不正行為《ふせいこうい》は、今にみんなにわかるだろう。

2　**じき**　時間があまりたたないうちに、物事が行われるようす。すぐに、まもなく、の意味。

(1) 主人はじき帰ると思いますから、もう少し待っていただけませんか。

(2) A「さっきから頭が痛くて仕方がないんです。」
B「この薬をのめば、じきに良くなりますよ。」

【注】「じき」の慣用的表現。
(1) もうじき夏休みですね。どこかへ行く計画は？

3　**そのうち**　近いうちに、少し時間がたてば、の意味。

(1) そのうち一度遊びに行きたいと思っています。

(2) そのうち雨もやむでしょうから、ここで少し休んでいましょう。

4　**まもなく**　もうすぐ、の意味。話題が話し手自身に関する場合は使われない。多少改まった言い方。

(1) まもなく一番線に上《のぼ》り電車がまいります。

(2) まもなくインドの首相がソビエトを訪《おとず》れる。

5　**もう**　もうすぐ、の意味。および何かをしなければならない時を表す。

(1) もうそろそろ電車が来る時間だ。

(2) もう出かけなければ、遅くなる。

6　**もうすぐ**　短い時間の後に、の意味。

(1)　もうすぐクリスマスですね。

(2)　この電車はもうすぐ東京駅に着きます。

7　**やがて**　もうすぐ、そのうち、の意味。短い時間の後で、何かが起こる場合。やや改まった言い方。

(1)　やがて暖かい春が来ます。

(2)　部長もやがておみえになるでしょうから、会を始めたいと思います。

練習問題〔三〕

次の文を完成しなさい。

1　社長は二時に到着する予定だから、まもなく（　　　　　　）

2　いくら金持ちでもあんなに無駄使《むだづか》いしていたら、今に（　　　　　　）

3　空が明るくなってきましたから、そのうち（　　　　　　）

4　まだ十一時半ですからこの店はすいていますが、十二時すぎると、じきに（　　　　　　）

5　今日は十二月二十九日です。もうすぐ（　　　　　　）

6　こんなに遅くなってしまいました。もう（　　　　　　）

7　今は入社したばかりで大変だと思いますが、やがて（　　　　　　）

8　この山はまた噴火《ふんか》するおそれがあります。島民《とうみん》のみなさん、ただちに（　　　　　　）

9　一生懸命働いてためたお金なのに、株で失敗してたちまち（　　　　　　）

10 奥さんが急病で救急車《きゅうきゅうしゃ》で中央病院へ運《はこ》ばれました。すぐ（　　　　　）

11 教えていただいた旅行会社に、さっそく（　　　　　）

〔四〕 過去を表す言い方

1 **かつて** 前に、以前に、の意味。書き言葉に多く使われる。話し言葉では「かって」が多く使われる。

(1) かつてこのあたりは山林だった。

(2) 山口氏はかつて自民党を離党《りとう》して、新自由クラブを組織《そしき》したこともあった。

2 **かねて** 以前から、今までずっと、の意味。

(1) かねて希望していた通り、田中氏は海外勤務《きんむ》を命ぜられた。

(2) 政府はかねて検討《けんとう》してきた通り、新国際空港建設公団《けんせつこうだん》を設置《せっち》することに決めた。

3 **さっき** ちょっと前の時。「さきほど」は「さっき」のていねいな言い方。

(1) さっきまで家にいたんですが、春子は急に友達の家へ行きました。

(2) さっき起きたばかりなのに、まだねむい。

4 **すでに** それより前に、の意味。話し言葉では「とっくに」が多く使われる。

(1) 私が病院についた時は、すでに祖母《そぼ》は亡《な》くなっていた。

(2) みなさんはすでに御承知《ごしょうち》だと思いますが、この度《たび》ニューヨークに支店を出すことになりました。

5　**たったいま〔たった今〕**　非常に近い過去《かこ》を表す。

(1)　山田さんはたった今帰ったところです。

(2)　おめでとうございます。たった今、女の赤ちゃんが生まれました。

〔五〕

ある物事の前後に何かをする言い方

1　**あらかじめ**　物事の前にという意味で、改まった言い方。

(1)　クラス会に出席するかどうか、あらかじめお知らせください。

(2)　大切なお客様が大勢《おおぜい》来ますから、あらかじめ会場の準備をしておいた方がいいでしょう。

2　**(お)さきに〔(お)先に〕**　そのものより前に、あるいは早く、の意味。反対語として「あとで」がある。

(1)　先に行って席をとっておきます。

(2)　主人はすぐ戻《もど》りますから、お先にどうぞビールでもめし上がってお待ちください。

【注】　「(お)先に」の慣用《かんよう》的表現。

(1)　どうぞお先に。

(2)　お先に失礼させていただきます。

3　**まえもって〔前もって〕**　何かをする前に用意をすること。

(1)　その計画が決まりしだい、前もって御連絡《ごれんらく》申し上げます。

(2)　設備投資《せつびとうし》の案については、前もって検討《けんとう》する必要がある。

4 **あとで〔後で〕** 時間がたってから、何かをすること。

(1) 後でまた電話をします。

(2) 後で行きますから、先に行ってください。

5 **のちほど** 今ではなく、ちょっと後で何かをすること。ていねいな言い方。

(1) では、のちほどお伺《うかが》いいたしますので、よろしくお願いいたします。

(2) その事はよく調べた上で、のちほどお知らせいたします。

練習問題〔四〕〔五〕

（　）の右横の言葉を適当な形にしなさい。

1 電車はたった今（出る　）

2 社長はさっき（お帰りになる　）

3 かねて（申し上げる　）通り、祝《しゅく》賀《が》会《かい》は十二時に始まりますので十一時四十分ごろおこしください。

4 では、のちほど会場で（お目にかかる　）

5 会議の場所と時間が決まりましたら、前もって（お知らせする　）

6　私は一時間ほど後で（まいる　　　）ので、お先にいらしてください。

7　試験の前に、あらかじめ試験の会場へ（行ってみる　）

8　田中さんの話では、ジョンさんはすでに（帰国する　）らしい。

〔六〕

その他の時を表す言い方

1　**いったん**　一時的に、ひとまず、の意味。

(1) いったん仕事をやめて、病気がなおるまで静養《せいよう》するつもりです。

(2) いったん安全な場所に車を止めてから、地図を調べよう。

2　**いまさら〔今さら〕**　今となってはもう遅《おそ》い、という意味。

(1) 今さら行きたいと言っても飛行機の切符はない。

(2) 今さら反省《はんせい》しても、やってしまったことは、もとには戻らない。

3　**ぐうぜん〔偶然〕**　予想しなかったのに、人と人が出会ったり、二つの物事が一致《いっち》したりするようす。

(1) 山崎教授《きょうじゅ》と和田教授は、偶然同じ理論《りろん》を同時に発表した。

(2) この二人の偉大《いだい》な芸術家が偶然出会ったことは、その後の作品に大きな影響を与えることになった。

4　**そうそう〔早々〕**　その状態になってすぐ、の時。
(1)　帰国早々また中国へ出張の命令が出た。
(2)　新婚早々夫婦げんかをするとは驚いた。

5　**そろそろ**　ある事にとってちょうど良い時になったり、またはもうすぐその状態になることを表す。
(1)　そろそろ南の方では桜の花の咲くころです。
(2)　あら、もう十時。そろそろ寝る時間だわ。

6　**たまたま**　全く予期《よき》しないことに出会うようす。
(1)　たまたまその家の前を通りかかった時、叫《さけ》び声が聞こえました。
(2)　たまたまその交通事故を目撃《もくげき》した。

7　**はじめて〔初めて〕**　最初に、新しく、の意味。
(1)　初めてお目にかかります。これからもどうぞよろしく。
(2)　初めてアメリカへ行ったのは、今から二十年も前のことです。

8　**また**
a　もう一度、再び、の意味。
(1)　ぜひ、またお会いしたいと思います。
(2)　この国へはまた、ぜひ来たい。
(3)　またバーへ行くんですか。

b　同じように、の意味。「も」が一緒に使われる。

(1)　日本に続いてフランスもまた、新型の電車を開発している。

(2)　大統領《だいとうりょう》が無名戦士の墓に花輪を捧《ささ》げると、副大統領もまた花輪を捧《ささ》げた。

練習問題〔六〕

｛　｝の中から適当なものを一つ選びなさい。

1　国の両親がとても心配しているので、｛a 今さら　b たまたま　c いったん｝帰国しようと思っています。

2　もう少しお待ちなってください。主人も｛a そろそろ　b 初めて　c また｝帰るころです。

3　先日、先輩に勧《すす》められて｛a そろそろ　b いったん　c 初めて｝ゴルフをやってみた。

4　入試を間近《まぢか》にして｛a 早々　b 今さら　c そろそろ｝あわてて受験勉強を始めても、もう遅い。

5 とてもいい所ですね。
a また
b そろそろ
c 初めて
機会《きかい》があったら、行ってみたいと思います。

6 銀座のデパートで
a そろそろ
b いったん
c 偶然
高校時代の友人に会った。

7 今年も
a いったん
b また
c 今さら
忙《いそが》しい年になりそうです。

8
a たまたま
b 今さら
c そろそろ
買った宝《たから》くじが、十万円あたった。

第二章　程度および数量を表す副詞

〔一〕強調を表す言い方(1)

1　おおいに〔大いに〕

(1)　今夜のパーティーは、親しい人ばかりですから、大いに楽しくやりましょう。

(2)　首相は将来《しょうらい》の政治の方針《ほうしん》について、大いに語った。

2　きわめて〔極めて〕　これ以上ないほど、の意味で、書き言葉に多く使われる。

(1)　この事件は歴史上極めて重大だと言える。

(2)　年内に景気が回復するのは、極めてむずかしい。

3　ごく

(1)　山田さんはごく親しい友人です。

(2)　売り上げ高の減少《げんしょう》は、ごくわずかにすぎない。

【注】次の形容詞のような場合、Aグループのみに使われる。

A　小さい、安い、近い、短い、軽い、少ない

B　大きい、高い、遠い、長い、重い、多い

4　**じつに〔実に〕**　感心したり驚《おどろ》いたりする気持ちを表す場合。

(1)　あなたのお父様は実に立派《りっぱ》な方でした。

(2)　きのうまで賛成《さんせい》していた野口さんが、突然反対するなんて実に不思議《ふしぎ》だ。

5　**ずいぶん**

a　話し言葉で親しい間柄《あいだがら》で使われる。

(1)　ずいぶん寒くなりましたね。

(2)　この辺の土地はずいぶん上がったね。

b　長い時間、の意味を表す。

(1)　ずいぶんお久《ひさ》しぶりですね。

(2)　今日はずいぶん歩いた。

6　**たいそう**　若い人はあまり使わない。

(1)　今年の冬は寒さがたいそう厳《きび》しいという予報だ。

(2)　夏目漱石《なつめそうせき》の授業は、学生の間でたいそう評判が悪かったそうだ。

7　**たいへん〔大変〕**

(1)　あの先生には大変お世話になりました。

(2)　毎日大変暑い日が続いておりますが、お元気でいらっしゃいますか。

8　**とても**

(1)　あの映画は評判通り、とてもおもしろかった。

(2) 銀座でステーキを食べようと思ったが、とても高いのでやめた。

9　**ひじょうに〔非常に〕**

(1) あの先生は非常に厳《きび》しくて、学生の遅刻《ちこく》を絶対に許さない。

(2) このお寺は奈良《なら》時代に建てられた、非常に貴重《きちょう》な建物です。

強調を表す言い方 (2)

1　**ずっと**　他の物とくらべて、大きな違いや差《さ》があるようす。「ずうっと」は「ずっと」を強めた言い方で、話し言葉に多く使われる。

(1) このカメラの方が本田さんのより、ずっと性能《せいのう》がいい。

(2) 一年前、一株《ひとかぶ》三百五十円で買ったその会社の株《かぶ》は、今ではずっと高くなっている。

2　**ぐっと**　以前とくらべ状態に大きな違いがある時。

(1) あのピアニストの演奏《えんそう》は、最近ぐっと音色《ねいろ》が美しくなった。

(2) 山本さんはあの事件があってから、人間的にぐっと成長したようだ。

強調を表す言い方 (3)

1　**さんざん**　とてもひどいようす。良い意味では使われない。

(1) 成績《せいせき》が悪かったので、母にさんざんしかられた。

(2) オートバイを運転する時は、ヘルメットをかぶるように、おまわりさんにさんざん注意された。

2 **はなはだ**　気持ちを強調し、良くない方の意味に多く使われる。
(1) 夜、この辺は暴走族《ぼうそうぞく》が集まるので、住民ははなはだ迷惑《めいわく》している。
(2) 信用していた取引先《とりひきさき》の会社にうらぎられたのは、はなはだ残念なことだ。

3 **やたら**　順序《じゅんじょ》や度を越して何かをする状態。
(1) 暑いからと言って、やたら冷たい物ばかり食べていると、おなかをこわしますよ。
(2) 政治家は選挙前《せんきょまえ》にやたらに公約ばかり出すが、実行《じっこう》する人はどのくらいいるだろうか。

練習問題〔一〕の(1)(2)(3)

次の文を完成しなさい。

1 京都も古い町ですが、奈良は京都よりずっと（　　　　　　）
2 久《ひさ》しぶりに同級生の山本さんに会い、おおいに（　　　　　　）
3 アメリカに留学してから、英語の発音がぐっと（　　　　　　）
4 この問題はわが社にとって極めて（　　　　　　）
5 その画家は死後有名になったが、若いころはずいぶん（　　　　　　）
6 お手紙をいただきながら、お返事もいたしませんで、大変（　　　　　　）
7 主人はその晩とても（　　　　　　）ので、ふとんに入るとすぐ寝てしまった。
8 橋口教授《きょうじゅ》のゼミはいつもたくさんの学生が登録《とうろく》する。たいそう（　　　　　　）
9 あの店のステーキは実に（　　　　　　）

10 チェルノブイリの原子力発電所の事故は、世界中の国々に非常に（　　）

11 さびしさを紛《まぎ》らわすために、佐藤さんはやたら（　　）

12 給料が上《あが》ったと言っても、ごく（　　）

13 アメリカへ行ったら絶対に多額《たがく》の現金を持ち歩かないようにと、さんざん（　　）のに……。

〔二〕 程度をやわらげる言い方

強調を表す言い方の(1)(2)(3)にくらべて強調の度合いが弱い。他の物事に比較して数や量が多いことや、普通の程度を越えていること。

1 **かなり**

(1) あのゴルフ場は駅からかなり遠い。

(2) 最近はアフリカにも、大国《たいこく》の企業《きぎょう》がかなり進出《しんしゅつ》している。

2 **そうとう〔相当〕**

(1) 社長は若い時相当苦労したそうです。

(2) ここも寒いけど、札幌《さっぽろ》も相当寒いということです。

【注】 その物事に対して適当であるという意味でも使われる。

(1) その人の能力に相当する仕事。

(2) その金額に相当するだけのものを差し上げるつもりだ。

3 **だいぶ〔大分〕**

(1) 台風十九号のせいで、北九州地方は大分被害《ひがい》が出たらしい。

(2) 健康《けんこう》のためにテニスを始めてから大分丈夫《じょうぶ》になった。

4 **なかなか** 実際《じっさい》の結果が期待《きたい》や予想《よそう》した以上の場合で、良いことを表すために多く使われる。

(1) 子供がかいた絵ですが、なかなか上手《じょうず》ですね。

(2) 新入《しんにゅう》社員がこんな大きな仕事をするとは、なかなか大《たい》したものだ。

5 **よほど** 「よっぽど」は「よほど」を強めるための言い方で、話し言葉に多く使われる。

(1) 橋本さんより鈴木さんの方がよほど親切だ。

(2) 私達の若いころより、現代の若者の方がよほど保守的《ほしゅてき》だ。

【注】「よほど」には次の用法もある。

A 比較だけではなく推量《すいりょう》する場合にも使われる。

(1) よほど疲れていたのだろう。家に帰るとすぐ寝てしまった。

B 「思いきって」の意味でも使われる。

(1) 電車の中でたばこをすっている人によほど注意しようと思ったがやめた。

練習問題〔二〕

次の文を完成しなさい。

1 新しい薬のおかげで以前より大分（　　　　　　　　　　）

2 今日も寒いけれども、昨日よりいくらか（　　　　　　　　　　）

3　斉藤さんはどんな寒い朝でも必ずジョギングをしている。よほど（　　）

4　あの雑誌は比較的《ひかくてき》（　　）

5　ワープロは使ってみるとなかなか（　　）

6　去年の夏は割合（　　）

7　例年二社とも売り上げ高は同じぐらいだが、去年はB社の方がやや（　　）

8　あの会社の就職《しゅうしょく》試験はかなり（　　）

9　あの大学に入るには、相当（　　）

〔三〕程度の進行を表す言い方

ある状態がそれ以上になるようす。

1　いっそう

(1)　この二、三日、いっそう寒さが増《ま》している。

(2)　新しい薬を医者に勧《すす》められて飲んだら、いっそう頭痛《ずつう》がひどくなった。

2　さらに〔更に〕

(1)　台風の影響《えいきょう》で、今晩から風と雨が更にひどくなるでしょう。

(2)　貿易収支《ぼうえきしゅうし》の黒字とともに対日《たいにち》感情は以前より更に悪化《あっか》した。

【注】　くり返したり、新しく加えたりすることを表す場合にも使われる。その上に、の意味。

(1)　スミスさんは日本語の勉強をしているが、秋から更に中国語の勉強も始めるそうだ。

(2)　健康《けんこう》を維持するためには、更に十キログラムぐらい減量《げんりょう》しなければならない。

3 **なお**

(1) 準優勝《じゅんゆうしょう》でもうれしいが、優勝したらなおうれしいだろう。

(2) 厳《きび》しい練習の成果《せいか》が出ています。なおいっそう練習してください。

4 **なおさら** 「なお」よりもっと強い気持ちを表す。

(1) 新婚旅行に行けば、結婚費用《ひよう》はなおさら多くなる。

(2) 入院して手術《しゅじゅつ》をしたがうまくいかなかったので、病状《びょうじょう》がなおさら悪化《あっか》した。

5 **ますます**

(1) 喫煙者《きつえんしゃ》に対する批判《ひはん》がますます高まっている。

(2) このところ株価《かぶか》はますます上昇《じょうしょう》している。

6 **もっと**

(1) もっと勉強しなければならない。

(2) もっと販売成績《はんばいせいせき》を上げるには、どうしたらいいだろう。

7 **よけい(に)**

(1) 登校拒否《とうこうきょひ》の子供に学校へ行くように注意すると、よけい学校へ行きたがらなくなるそうだ。

(2) 暑い暑いといって水ばかり飲んでいると、よけい汗《あせ》が出る。

〔四〕 選択《せんたく》などを表す言い方

1 **いっそ**　思いきって、の意味。文の後半は強い希望《きぼう》や決意《けつい》などがくる。

(1) 卒業してもいい仕事がないのなら、いっそ今すぐ大学をやめて仕事を探《さが》そうか。

(2) こんな狭《せま》い日本で一生暮らすより、いっそのこと外国へ移民《いみん》できたらと考えている。

2 **かえって**　結果が予想《よそう》していたことと反対の場合。

(1) この薬を飲んだら、かえって痛みがひどくなった。

(2) 大事故があったのに、NASAはかえってロケットの開発《かいはつ》に力を入れると発表した。

3 **むしろ**　二つのものの中で、どちらかと言うと一方の方が度合いが強い場合。

(1) 東京の夏は、バンコクよりむしろ暑いくらいだ。

(2) みんなの前で恥《はじ》をかくくらいなら、むしろ死を選びたい気持ちだ。

練習問題〔三〕〔四〕

次の文を完成しなさい。

1 宅地開発《たくちかいはつ》による自然破壊《しぜんはかい》はますます（　　）

2 渡辺《わたなべ》先生は学者というよりむしろ（　　）

3 もともと丈夫《じょうぶ》な人だが、ゴルフを始めてからなお、（　　）

4 今朝《けさ》も遅刻《ちこく》してしまった。明日《あした》からはもっと（　　）

5 天気予報によると、昨夜から降り続いている雪は今後さらに（　　）

6 社員の皆さんが努力しているのはわかりますが、売り上げ目標《もくひょう》をめざして今後もいっそう

7　引越《ひっこし》の手伝いに山田さんが来てくれると助かります。鈴木さんも来てくれたら、なおさら（　　）（　　）
8　子供をしかりすぎると、よけい（　　）
9　こんなに毎日悩《なや》むくらいなら、いっそ（　　）
10　もうけようと思って貯金《ちょきん》を全部使って株《かぶ》を買ったが、かえって（　　）

〔五〕

「こ・そ・あ・ど」を使った程度を表す言い方

1　**こんなに（そんなに、あんなに）**　人や物事の程度や状態が考えていたのと異なった事を強調していう場合。
(1)　こんなにむずかしい問題が、私にわかるはずがありません。
(2)　その本は、そんなに高いお金を払って買う価値《かち》があるんですか。
(3)　あの人があんなにひどい人とは知らなかった。

2　**どんなに**　程度や状態ははっきりしないが、非常に～だろう（～でしょう）、の意味。
(1)　子供に死なれた川田さんご夫妻《ふさい》は、どんなに悲しがっているでしょう。
(2)　希望していた大学へ入れた学生は、どんなにうれしいだろう。

3　**こう（そう、ああ）**　このように、こんなに、の意味。
(1)　こう景気が悪くては、倒産《とうさん》する会社が増えるだろう。
(2)　彼の話が本当なら、私もそうしてみようかな。

(3) 高木さんのように、ああ文句ばかり言っていては、聞く方がいやになってしまう。

4 **どのくらい（どのぐらい）** 数や量ははっきり言えないが、たくさん、の意味。

(1) 彼は日本語がこんなに上手になるまで、どのくらい努力《どりょく》したことだろう。

(2) どのくらい注意したら、うちの子は自分から勉強するようになるのだろう。

5 **どれほど** 「どれくらい」と同じ意味だが、「どれほど」の方が改まった言い方になる。また、この場合、反語の「か」を伴う。

(1) あの人にはどれほどお世話になったか、わからない。

(2) 子供の帰りが遅いので、その母親はどれほど心配したことか。

6 **いかに**

a どのくらい、どれほど、の意味で、強調を表す。「どんなに」の書き言葉。

(1) この仕事はいかにむずかしくても、仕上げなければならない。

(2) 戦争のために、いかに多くの尊《とうと》い人命《じんめい》が失われたことだろう。

b どのように、どんなふうに、の意味でも使われる。書き言葉に多く使われる。

(1) 人生、いかに生きるべきか。

(2) この不景気を、いかにして乗り切るかが問題だ。

7 **そんなに** あまり、たいして、それほど〜ない、の意味。通例、否定形を伴う。

(1) このカメラは、そんなに高くなかった。

(2) 先週は忙《いそが》しかったが、今週はそんなに忙《いそが》しくない。

練習問題〔五〕

｛　｝の中から、適当なものを一つ選びなさい。

1　学生の時、もっと英語を勉強していたら、アメリカで｛a いかに　b こんなに　c どれほど　d どんなに｝困る事はなかっただろうに。

2　中野さんのように｛a あんなに　b いかが　c どのくらい　d どんなに｝夢中《むちゅう》になって仕事をしたら、後で疲《つか》れが出ませんかね。

3　彼がオリンピックで優勝《ゆうしょう》するまで、｛a いかが　b こう　c そんなに　d どんなに｝練習したことだろうか。たぶん普通の選手《せんしゅ》の二倍も三倍も努力したのだろう。

4　{a いかに　b こう　c どれほど　d どんなに} 寒くては、お酒でも飲まないと体が温《あたた》まりませんね。

5　{a いかが　b いかに　c そう　d そんなに} して戦争のない世界を作るか、これが人類《じんるい》の課題だ。

6　私達の代表に三木さんを推薦《すいせん》したいと思いますが、皆様は {a いかが　b いかに　c こう　d そう} でしょうか。

7　十二月に台湾《たいわん》へ行きましたが、暖かいと思ったら {a そんなに　b どのくらい　c どれほど　d どんなに} 暖かくなかったです。

8　私には、未来《みらい》の科学《かがく》が {a いかが　b こう　c こんなに　d どれほど} 発達するか、想像《そうぞう》もできません。

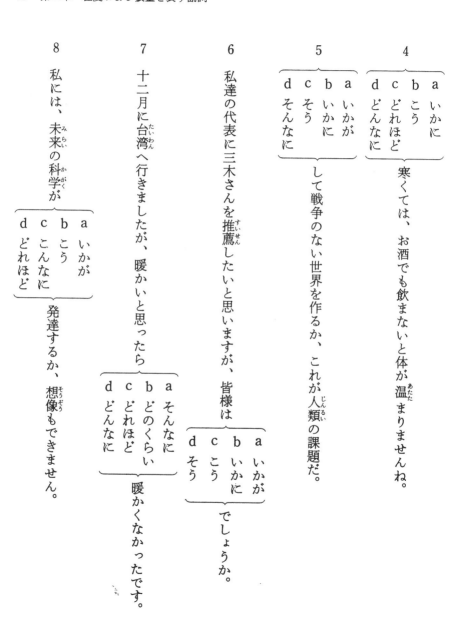

〔六〕

数量が多い場合 (1)

百パーセントの状態を表す場合。

1 **すっかり**

(1) どろぼうに宝石《ほうせき》をすっかり盗《ぬす》まれてしまった。

(2) 友達にすっかり悩《なや》みを打《う》ち明《あ》けた。

2 **すべて** 書き言葉に多く使われる。

(1) 株の暴落《ぼうらく》で財産《ざいさん》をすべて失《うしな》った。

(2) 取材《しゅざい》旅行の準備はすべて完了した。

3 **ぜんぶ**〔**全部**〕

(1) そこにあったケーキは全部食べてしまった。

(2) その本はもう全部読みました。

4 **そっくり**

(1) 奥さんは遺産《いさん》をそっくり社長の母校に寄付《きふ》した。

(2) あの人は私の書いた小説をそっくりまねした。

5 **のこらず**〔**残らず**〕

(1) 子供の時、茶わんの御飯を残らず食べなさいと、母に言われた。

(2)　山本氏の収集《しゅうしゅう》した美術品《びじゅつひん》は、美術館へ残らず寄贈《きぞう》された。

6　**みんな**　「みな」は書き言葉。

(1)　その村にいた人は、みんな殺された。

(2)　その試験の問題はみんなやさしかった。

数量が多い場合(2)

1　**いっぱい**

(1)　夜の新宿や六本木には、いつも若い人々がいっぱいいる。

(2)　目に涙《なみだ》をいっぱいうかべていた。

【注】　できる限り、の意味で慣用的に使われる。

(1)　精《せい》いっぱいがんばったから、くいはない。

(2)　この次の試合には、力いっぱい戦《たたか》うつもりだ。

2　**うんと**　量や程度が多い場合で、非常に、の意味。話し言葉に多く使われる。

(1)　「昨日の晩は食べ放題《ほうだい》のレストランに行って、うんと食べた。」

(2)　「冬の北海道はうんと寒いよ。」

3　**じゅうぶん**〔**十分、充分**〕

(1)　ハワイ旅行のおこづかいは十万円で十分ですか。

(2)　新幹線《しんかんせん》の発車時間まで三十分あります。ここから東京駅まで五分ですから、十分間《ま》に合《あ》います。

4 **たくさん**

(1) この問題については、たくさん研究論文がある。

(2) 今日はデパートでたくさん買い物をした。

【注】「十分で、もうそれ以上いらない」という意味で慣用的に使われる。

(1) あの人のつまらない話はもうたくさんだ。

5 **たっぷり**

(1) 時間はたっぷりあるから、落ち着いて、試験を受けてください。

(2) 香辛料《こうしんりょう》をたっぷり使ったタイ料理は、顔から汗《あせ》が出るほど辛《から》かった。

6 **みっちり**　十分何かを考えたり、行ったりするようす。

(1) 留学したら、フランスの美術《びじゅつ》についてみっちり研究するつもりだ。

(2) 子供の時、母から日本舞踊《ぶよう》をみっちり教え込《こ》まれた。

7 **よく**　念《ねん》を入れて、の意味。

(1) 車によく気をつけて歩いてください。

(2) 試験を書き終えたら、よく見なおしてください。

8 **すくなからず〔少なからず〕**　数量、または程度が少しではないこと。

(1) 首相の発言《はつげん》に、少なからず考えさせられた。

(2) この事件には、国会議員が少なからず関係しているに違いない。

9 **ほとんど** 大部分、だいたい、の意味。

(1) その料理を食べた人はほとんど腹痛《ふくつう》をおこした。

(2) その日、株《かぶ》はほとんど値下がりした。

「いっぱい」と「たくさん」の違い

「いっぱい」と「たくさん」は、量等が多いことを表す副詞として同じように使われるが、次のように使い方の違うものもある。

「いっぱい」が一つの物の中に、何かが満ちていることを表す場合には、「たくさん」に置きかえることができない。

【例】 ごちそうを食べ過ぎて、おなかがいっぱいになった。

また「いっぱい」には、ある期間全部という意味がある。

【例】 (1) 今週いっぱい、課長は出張で京都へ行っています。

(2) 山田さんは今年いっぱい入院するそうです。

「たくさん」にはその数や量で十分だという意味を表すことがある。この場合「いっぱい」は使えない。

【例】 お客さんは十人ですから、ビールは一ダースあればたくさんです。

そのほかに「たくさん」には、十分でそれ以上は必要ではないという意味がある。

【例】このごろ、毎晩酒ばかり飲んでいるから、酒はもうたくさんだ。

〔七〕数量が少ない場合

程度を表す場合もある。

1 すこし〔少し〕

(1) すみませんが、お金を少し貸してください。

(2) 家から少し行くと、ゴルフ場があります。

【注】「ちょっと」より多少改まった言い方。

2 ちょっと

(1) すぐ終わりますから、もうちょっと待っていてください。

(2) やさしい問題ですから、ちょっと考えればすぐわかるはずです。

3 つい

(1) 村山さんにはつい二、三日前に会ったばかりです。

(2) ついさっきまであんなに元気だった課長が、突然倒《たお》れたのでびっくりした。

4　**わずか**

(1)　わずかばかりですが、これは九州《きゅうしゅう》のおみやげです。

(2)　給料《きゅうりょう》が、ほんのわずか増《ふ》えました。

〔八〕 数量などを限定《げんてい》する言い方

1　**せいぜい**　どんなに多くみても、の意味。

(1)　損《そん》をしたといっても、せいぜい十万円くらいだから気にしないでください。

(2)　長くてもせいぜい入院は十日ほどです。

2　**ただ**　それ一つを取り立てて限定《げんてい》する場合。「だけ」「のみ」「ばかり」「しか」などと一緒に使うことが多い。

(1)　あの学生はいつも、ただいい点を取ることだけ考えている。

(2)　その女の子はただ泣くばかりで、何を聞いても全く返事をしなかった。

3　**たった**　わずか、ほんの、の意味。

(1)　こんなにたくさんの仕事を、たった一週間でするんですか。

(2)　たった一度ですが、京都へ行ったことがあります。

4　**たんに〔単に〕**　ただそれだけ、の意味。

(1)　その考えは単に田中さん一個人の考えにすぎない。

(2)　核戦争《かくせんそう》は単に当事国間《とうじこくかん》の問題ではなく、地球《ちきゅう》全体の大問題だ。

「少し」と「ちょっと」の違い

「少し」は話し言葉と、書き言葉の両方に使われる。「ちょっと」は話し言葉に使われ、くだけた言い方になる。

【例】(1) 社長は少し前に社を出られました。
(2) ちょっと前に山田さんから電話がきたよ。

否定文を伴なう場合「少し」は「少しも」の形が多く使われる。

【例】(1) そんなことは少しも聞いてません。
(2) 少しも気にしていませんから、御心配なく。

「ちょっと」は否定の場合、「ちっとも」という形になる。

【例】(1) このごろあいつはちっとも学校へ来ない。
(2) あの人は、そのことについてちっとも教えてくれなかった。

「ちょっと」には「少し」に置きかえることができない、慣用的な使い方がある。

【例】(1) ちょっと近くまで来たのでお寄《よ》りしました。
(2) あの人はちょっと見ただけでは日本人かどうかわからない。

練習問題〔六〕〔七〕〔八〕

A　︵　︶の中から適当な言葉を一つ選びなさい。

1　青木さんはフランスへ留学する前に、二年間もフランス語を（a みっちり　b わずか　c すべて）勉強したそうです。

2　お客さんが五人来ますが、これだけビールがあれば（a ほとんど　b 十分　c すべて）でしょう。

3　道路を渡る時は車に（a つい　b みっちり　c よく）気をつけるように、お子さんに言ってください。

4　昨晩、一晩でこのウイスキーを（a 全部　b 少なからず　c 十分）飲んでしまったんですか。

5　斉藤さんは（a ほとんど　b せいぜい　c ちょっと）ビールを飲んだだけで、すぐ顔が赤くなる。

6　渡辺《わたなべ》さんのアイディアは{a 十分 / b 単に / c いっぱい}木村さんのまねをしただけだ。

7　オリンピックに出たら、力{a すべて / b いっぱい / c たっぷり}がんばって泳いでください。

8　部長はただ今、会議中ですので、もう{a いっぱい / b わずか / c すこし}お待ちください。

9　食卓《しょくたく》の上にあった料理は{a いっぱい / b すっかり / c うんと}食べてしまいました。もう何も残っていません。

10　パーティーに来る友達は、酒飲みばかりですから、お酒だけは{a たっぷり / b すべて / c みっちり}用意しておきましょう。

B　次の文を完成しなさい。

1　今度の事故で助かった人はわずか（　　　　）

2　漢字を覚えたと言っても、たった（　　　　）

3　机の引き出しにしまっておいた現金を、そっくりどろぼうに（　　）

4　今度の旅行の費用《ひよう》は高くてもせいぜい（　　）

5　テレビを見ながら、子供達はチョコレートを残らず（　　）

〔九〕数量などをはっきり限定《げんてい》しない言い方

A　数量などが正確には言えないが、そのくらいであるようす

1　**およそ**　「おおよそ」とも言う。

(1)　そのかばんは、およそ二十キログラムはある。

(2)　その事件は今からおよそ百年ぐらい前に起こりました。

【注】(1)　ほとんど全部、の意味でも使われる。

高橋さんの御意見はおよそわかりました。

2　**ざっと**

(1)　その反戦集会の参加者は、ざっと五千人だった。

(2)　博士《はくし》論文を仕上げるまでに、ざっと五年かかった。

【注】(1)　簡単に、の意味でも使われる。

明日までに、この書類にざっと目を通しておいてください。

3　**やく〔約〕**

(1)　先週は約一週間、風邪《かぜ》で仕事を休みました。

(2) 今度の調査《ちょうさ》結果によると、原子力発電の推進《すいしん》に対する賛成者《さんせいしゃ》は、約三十パーセントだそうだ。

B　ほとんど、あるいは完全に近い状態にあることを表す

1 **たいがい**

(1) 月曜日はたいがい家にいます。

(2) 毎朝たいがい八時半のバスに乗る。

【注】「たいがい」は数量には使えない。また、くだけた言い方に多く使われる。

2 **だいたい**

(1) 論文はだいたい書けているが、完成するまでにあと二週間はかかる。

(2) 部長の説明で、来年度のわが社の経営方針《けいえいほうしん》はだいたい理解できた。

3 **たいてい**

(1) 毎晩たいてい十一時ごろ寝ます。

(2) この研究についての参考文献《さんこうぶんけん》はたいてい読んだ。

4 **ほぼ**

(1) 新築《しんちく》工事はほぼ完了した。

(2) 役員会で新しいプロジェクトは、来年四月から開始するということにほぼ決定した。

練習問題〔九〕

次の文を完成しなさい。

1　東京のシティー・ターミナルから成田空港まで約（　　　）
2　日曜日はたいがい（　　　）
3　先月の台風による被害額《ひがいがく》はざっと見積っても（　　　）
4　卒業論文はほぼ（　　　）
5　主人は八時以降《いこう》ならたいてい（　　　）
6　この建物はおよそ（　　　）
7　この学校の留学生はだいたい、（　　　）

第三章　人間の状態を表す副詞

〔一〕　人の性質や態度を表す言い方

A　物事にこだわらない性質

1　あっさり

(1)　あの女の人はあっさりした性格でいいですね。

【注】「あっさり」には次の用法もある。

A　味がうすくて、しつこくない場合にも使われる。

(1)　あっさりした味。

B　「簡単に」という意味もある。

(1)　山本さんにこの仕事を頼んだら、あっさり引き受けてくれた。

2　からっと

(1)　あの人とけんかしても、からっとした人柄《ひとがら》なので、すぐ仲直《なかなお》りができる。

【注】雲一つなく晴れわたって、さわやかなようすにも使う。

(1)　からっと晴れわたる。

3　**さっぱり**

(1) あの人はさっぱりとした性格なので、怒《おこ》ってもすぐ忘れてしまいます。

【注】しつこくない味の場合にも使われる。

(1) 暑くて食欲《しょくよく》がないので、さっぱりした物が食べたい。

B　性質や物事に対する態度

1　**きちんと**　態度がよく、また規則《きそく》正しく何かをするようす。

(1) 食事は一日三食、きちんと取らなければいけない。

(2) あの人はきちんとした人で、約束した事は必ず守る。

【注】物事が片づいて、整っているようすにも使われる。話し言葉では「ちゃんと」も使われる。

(1) 彼は一人で生活をしているが、部屋の中はいつもきちんとしていてきれいだ。

2　**きっぱり**　はっきりした強い意志や態度を表すようす。

(1) 木村さんは部長の申し出を、きっぱり断《ことわ》った。

(2) 仕事ではきっぱりした態度を示さないと、誤解《ごかい》されるおそれがある。

3　**しっかり**　人の性質や考え方、また記憶などが確《たし》かであるようす。

(1) あの人は若いのに、しっかりした考えを持っている。

(2) 私の祖母は八十歳になったが体も頭もしっかりしていて、若い人と同じように仕事をしている。

4

ちゃんと　間違いなく確かに、また完全に、の意味で、話し言葉に使われる。

(1) ちゃんと勉強していたら、昨日のテストは百点だっただろう。

(2) ご飯は残さないで、ちゃんと最後まで食べなさい。

【注】「ちゃんと」には次の用法もある。

A　物事が整っているようすにも使われる。この場合「きちんと」の(注)と同じ意味だが、「ちゃんと」は話し言葉で使われる。

(1) 自分の部屋はいつもちゃんと掃除《そうじ》をしておかないといけませんよ。

B　「ちゃんと」は、良い、あるいは立派な、という抽象的《ちゅうしょうてき》な意味でも使われる。

(1) 彼のようなふまじめな学生は、ちゃんとした大学など卒業できるはずがない。

5

ねちねち　くどくどと、同じことを言い続けるようす。

(1) あの人は他人の悪口ばかり、ねちねち言っている。

(2) 彼は田中さんにプロポーズして断《ことわ》られたのに、まだあきらめきれないでねちねち言っている。

6

はっきり　人の考え方や態度や、言い方などが確かであるようす。

(1) どちらに賛成《さんせい》なのか、はっきりした態度をとった方がいい。

(2) みんなに聞こえるように、はっきり言ってください。

【注】ぼんやりしていたり、あいまいな状態から、確《たし》かな状態になるようすにも使われる。

(1) 冷たい水で顔を洗ったら、眠気《ねむけ》がさめて頭がはっきりした。

練習問題〔一〕

上の文と下の文が一つになるように、線で結びなさい。

1　あの人は家賃《やちん》を遅《おく》れることなく、
2　私のたった一回の失敗《しっぱい》を課長は、
3　あの人は選挙《せんきょ》に立候補《りっこうほ》するように頼《たの》まれたが、
4　スポーツの審判《しんぱん》は、いつも信念《しんねん》を持って、
5　四歳の子供が犯人《はんにん》の顔を
6　高校生になれば、もう自分の人生を
7　意見があるのでしたら、口の中でぶつぶつ言わないで、
8　彼は交通事故で頭を打ったので、意識《いしき》がまだ
9　彼女は失恋しても
10　交差点を渡る時は信号《しんごう》を見て、

a　きっぱり断《ことわ》った。
b　しっかり考えて、進路《しんろ》を自分で決める人もいる。
c　からっとしているから、もう彼のことなど忘れている。
d　きちんと払ってくれる人です。
e　しっかり覚えていて、重要な証言《しょうげん》になったそうだ。
f　はっきりみんなに聞こえるように言ってください。
g　ちゃんと信号《しんごう》が青になっているのを確かめてから、渡るんですよ。
h　きっぱりした態度で判定《はんてい》しなければいけない。
i　ねちねちいつまでも文句を言っている。
j　はっきり戻《もど》らず、話もできないらしい。

〔二〕体の特徴《とくちょう》を表す言い方

1　**まるまると**　よく太っているようす。

(1)　まるまると太ったかわいい赤ちゃん。

【注】　この他に太っている状態を表す言い方として、「ぶくぶく」などがある。

2　**ほっそり**　細くて形のよいようす。

(1)　あの女の人は脚《あし》がほっそりしていて美しい。

(2)　谷さんはほっそりしているので、何を着ても良く似《に》合《あ》う。

3　**がっしり**　体が強くて丈夫そうなようす。

(1)　鈴木さんはスポーツできたえているので、がっしりした体をしている。

(2)　あのがっしりしていた山田さんが、病気をしたらすっかりやせてしまった。

【注】　物事の骨組《ほねぐみ》や作り方がたくましく、とても力強い感じがする場合にも使われる。

(1)　この本箱は板が厚くがっしりしているから、百科事典をのせても大丈夫だ。

4　**どっしり**　態度が堂々としていて、落ち着いているようす。

(1)　うちの社長は少々のことでは、あわてたり怒ったりしないどっしりした人だ。

(2)　あのチームの監督《かんとく》は負けそうな時でも、落ち着いてベンチにどっしりと座っていた。

【注】　見た目に、物が重そうで堂々としているようすにも使われる。

(1)　庭《にわ》に石を置こうと思ったが、どっしりした庭石は何百万円もするそうなのでやめた。

〔三〕健康状態を表す言い方

A　健康状態が悪い時

1　**がんがん**　頭が響《ひび》くように、とても痛いようす。
(1)　風邪《かぜ》のせいか、頭ががんがんして割れそうに痛い。
(2)　頭はがんがんするし、胃《い》も痛い。二日酔《よ》いは本当に苦しい。

2　**きりきり**　体の一部が鋭《するど》い痛みに襲《おそ》われるようす。大きな不安や心配事《しんぱいごと》がある時に、胃《い》や胸《むね》が痛む場合にも使われる。
(1)　さっき食べたさしみが悪かったのか、おなかがきりきり痛む。
(2)　最近はストレスがたまって、胃《い》が病気でもないのにきりきり痛む人が多いそうだ。

3　**ずきずき**　傷《きず》などが絶《た》え間なく脈《みゃく》を打つように、強く痛むようす。
(1)　きのうナイフで切ってしまった指の先が、まだずきずき痛む。
(2)　きのうは一晩中、虫歯《むしば》がずきずき痛んで少しも眠れなかった。

4　**ふらふら**　頭や体が全体にゆれ動くようす。
(1)　頭がふらふらして歩けない。
(2)　長い間入院していたので、体がふらふらして立つこともできない。

5　**よろよろ**　足もとがしっかりしていないので、倒《たお》れそうな危ないようす。

(1) ちょっとぶつかっただけなのに、そのおじいさんはよろよろと倒れそうになった。

(2) 長い間入院していたので、外に出るとよろよろしてしまう。

B 健康状態がいい時

1 **ぴんぴん** 元気で生き生きしているようす。

(1) あのおじいさんはもう九十歳なのに、病気もしないでぴんぴんしている。

(2) 隣りの子供はこの前大病したばかりなのに、もうぴんぴん跳《と》びまわって遊んでいる。

練習問題〔三〕

上の文と下の文が一つになるように、線で結びなさい。

1 明日のスピーチ・コンテストの事を考えると、胃《い》のあたりが

2 足の骨折《こっせつ》はなおったが、寒い日はそこが

3 四十度近い熱を出した時は、頭が

4 忘年会《ぼうねんかい》の季節になると、酔《よ》っぱらって駅のホームを

5 あの子は二週間前に交通事故にあったのに、

a もうぴんぴんしている。

b きりきりしてくる。

c よろよろ歩いている人が多い。

d ふらふらして起きていられなかった。

e ずきずき痛む。

〔四〕

おなかがすいた（空腹《くうふく》）の時や、のどがかわいた時の言い方

1　**ぺこぺこ**　とてもおなかがすいているようす。

(1) おなかがぺこぺこで目が回《まわ》りそうだ。

(2) 運動したらおなかがぺこぺこになった。

2　**ぐうぐう**　おなかがなる音。

(1) 朝から何も食べていないので、おなかがぐうぐうなっている。

3　**からから**　のどがかわいた時の言い方。

(1) 暑くてのどがからからになったから、冷たい物が飲みたい。

〔五〕

「笑い」を表す言い方

1　**くすくす**　おかしい時、小さい声で目立たないように笑うようす。

(1) その教授《きょうじゅ》はまじめに話していたが、聞いていた女子学生はくすくす笑った。

(2) 社長がカラオケに合わせて歌い始めると、女子社員はくすくす笑い始めた。

2　**げらげら**　おもしろい時やおかしい時、大きな声で笑うようす。

(1) 人前で大きな口を開けて、げらげら笑うものではないと母は言った。

(2) 外国人が落語《らくご》を聞いてげらげら笑えるようになったら、その人の日本語能力も相当《そうとう》なものだ。

3　**にっこり**　声を出さず、うれしそうにほほえむようす。
(1) いい事をして母親《ははおや》にほめられた子供は、にっこりほほえんだ。
(2) 空港《くうこう》で一年ぶりに再会《さいかい》した二人は、顔を見合わせてにっこりした。

4　**にやにや**　一人で声を出さないで笑っているようす。
(1) 全く知らない人が、にやにやして近づいて来るのは気持ちが悪い。
(2) 他人が困っているのに、助けもしないでにやにや見ているだけの人がいる。

〔六〕 うれしいようすや、安心した状態を表す言い方

1　**いそいそ**　何かをうれしそうにするようす。「うきうき」に比べ、「いそいそ」は動作をおさえている。小さい子供についてはあまり使われない。
(1) 男の友達に音楽会に誘《さそ》われた由紀子は、いそいそと支度《したく》して出かけた。
(2) 当選《とうせん》が確定《かくてい》した議員《ぎいん》は、いそいそと記者の質問に答えていた。

2　**ほくほく**　予想《よそう》以上に利益《りえき》があったり、いい事があって、うれしくてたまらないようす。
(1) 息子《むすこ》は今月から給料が上がったと、ほくほくした顔で帰って来た。
(2) 香港《ほんこん》に支店を出したデパートは、初めに予想《よそう》していた以上に売り上げが伸《の》び、支店長はほくほくしている。

3　**ほっと**　安心した状態を表す。
(1) 入学試験が終わって、ほっとした。
(2) 組合の交渉《こうしょう》がうまくいって、委員《いいん》達はほっとしている。

【注】また、「一息《ひといき》つく」とともに使われる場合が多い。

(1) むずかしい手術《しゅじゅつ》を終えた医者は、ほっと一息をついた。

(2) 泣いていた赤ん坊がやっと眠って、母親はほっと一息ついた。

4　わくわく　喜びや期待《きたい》などで、心が落ち着かないようす。

(1) 明日、あの有名な歌手に会うので、今晩はわくわくして全然眠れない。

(2) 大好きなあの人から手紙が来たので、わくわくしながら封筒《ふうとう》を開《あ》けた。

練習問題〔五〕〔六〕

〔　〕の中から、適当なものを一つ選びなさい。

1　私の方を見て〔a いそいそ　b くすくす　c ほくほく　d わくわく〕誰かが笑うと、顔に何か付《つ》いているのかなと思ってしまう。

2　私の主人は、美人の店員に〔a くすくす　b げらげら　c にっこり　d にやにや〕されると、必要のない物でも買って来てしまう。

3　彼は｛a げらげら　b ほくほく　c ほっと　d わくわく｝顔をしているので、ボーナスがずいぶん出たのだろう。

4　大丈夫だと思っているが、やはり飛行機が無事《ぶじ》に着陸《ちゃくりく》すると｛a くすくす　b げらげら　c ほっと　d ほくほく｝するものだ。

5　久しぶりの同窓会《どうそうかい》に、母はきれいな着物を着て｛a いそいそ　b くすくす　c ほくほく　d ほっと｝出かけて行った。

6　ディズニーランドってどんな所か、大人《おとな》でも行くまでは｛a くすくす　b げらげら　c ほっと　d わくわく｝します。

7　彼はきれいな女性がいると、すぐ｛a くすくす　b にやにや　c ほくほく　d ほっと｝しながら近づいて行く。

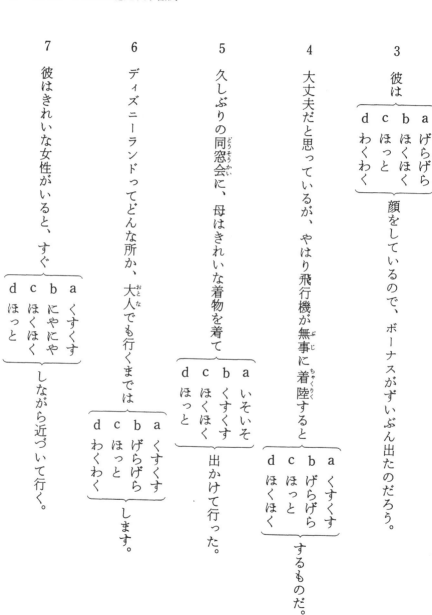

8　両親は銀婚式《ぎんこんしき》の記念に、海外旅行へ ｛a いそいそ　b げらげら　c にやにや　d ほっと｝ 出かけた。

9　小学校に入学する息子は、一カ月も前から ｛a くすくす　b にやにや　c ほっと　d わくわく｝ して学校に行く日を待っている。

10　元気な赤ちゃんが生まれたので、みんな ｛a くすくす　b げらげら　c ほくほく　d ほっと｝ した。

11　木村さんは、ほかの学生が答えを間違った時、いつも ｛a いそいそ　b にやにや　c ほっと　d わくわく｝ 人を馬鹿《ばか》にしたように笑うから、みんなに嫌《きら》われている。

12　ピエロのしぐさがとてもおもしろいので、観客《かんきゃく》は
a　くすくす
b　げらげら
c　にっこり
d　ほくほく
腹《はら》を抱《かか》えて笑っている。

13　最近の企業は社員教育の一つとして、お客様への印象《いんしょう》を良くするために
a　くすくす
b　げらげら
c　にっこり
d　にやにや
ほほえむ訓練《くんれん》をしている。

14　女子高校生達は、ピンクのセーターを着ている老人を見て
a　いそいそ
b　くすくす
c　ほっと
d　わくわく
笑いながら通りすぎていった。

15　新製品の売れ行きがいいので、社長は
a　くすくす
b　げらげら
c　にやにや
d　ほくほく
して機嫌《きげん》がいいです。

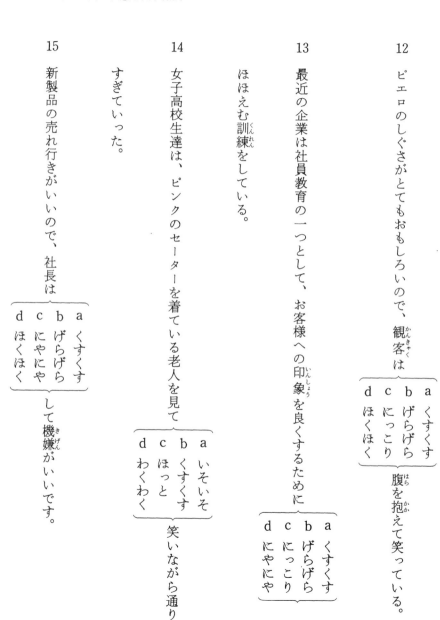

16 パーティーで田中さんが赤ちゃんのかっこうをして出て来たので、みんな｛a げらげら b にっこり c ほくほく d わくわく｝大笑《おおわら》いした。

〔七〕

不安や心配などを表す言い方

1 **おずおず** 何かをする時、心配したり怖《こわ》がりながらするようす。
(1) 犬の嫌《きら》いな子供は、犬の前をおずおず通った。
(2) 社長に呼びつけられた彼は何事かわからず、社長室におずおず入った。

2 **おどおど** 何かが怖《こわ》くて、気持ちや態度が落ち着かないようす。
(1) 面接の時、おどおどして下を向いていると、印象《いんしょう》を悪くします。
(2) 山道のつり橋を前に、戻ることもできずおどおどしている人がいる。

3 **おろおろ** 突然《とつぜん》何かが起こったりして、どうしたら良いかわからないようす。
(1) 地震《じしん》の時、たいていの人がおろおろするものですよ。
(2) 言葉が通じない外国で、ホテルの名前を忘れた時は全くおろおろした。

4 **こわごわ** 怖《こわ》いと思いながら、何かをするようす。
(1) 山の中に誰も住んでいない小さな家があったので、こわごわ入ってみた。

(2)　子供たちは遊園地《ゆうえんち》のお化《ば》け屋敷《やしき》を、こわごわのぞいて見ていた。

5　**どきどき**　強い不安や心配事があって、落ち着かないようす。

(1)　私は内気《うちき》だから好きな女の人の前に出ると、どきどきして何も話せなくなる。

(2)　試験が始まる前は、いつでもどきどきして落ち着かない。

6　**はっと**　急に意外な事に出合って驚くようす。また、急に何か良くない事を思い出したりするようす。

(1)　交通の激《はげ》しい道路に子供が飛《と》び出《だ》したので、はっと息《いき》を飲んだ。

(2)　ガスの火を止めないで外出したことに、はっと気がついた。

7　**はらはら**　他の人の行動などを、心配しながら見ているようす。

(1)　赤ちゃんが歩き始めたのを、親ははらはらしながら見ている。

(2)　野球の試合を見ている時、好きなチームが負《ま》けそうになるとはらはらする。

8　**びくびく**　不安や恐怖《きょうふ》のために絶えず心が落ち着かないようす。

(1)　犯人《はんにん》は、警官《けいかん》に捕《つか》まるのではないかと、いつもびくびくしていた。

(2)　試験の時、カンニングをしたので、先生に見つからないかとびくびくしていた。

練習問題〔七〕

〔　　〕の中から、適当なものを一つ選びなさい。

1 ジョンさんは初めてさしみを食べた時、さしみを｛a おずおず　b おろおろ　c どきどき　d はらはら｝口に入れた。

2 私はスピーチをしなさいと言われると、いつも心臓《しんぞう》が｛a おずおず　b こわごわ　c どきどき　d はっと｝してうまく話せない。

3 ドラキュラの映画を子供達は、｛a おずおず　b おろおろ　c はっと　d びくびく｝しながら見ている。

4 電話をきった後で、大事なことを言い忘れたのに｛a どきどき　b はっと　c はらはら　d びくびく｝気がついた。

5 深夜《しんや》、隣の家が火事だと起こされたが、火の勢《いきお》いがすごいので、私はただ

a　おずおず
b　おろおろ
c　こわごわ
d　はっと

するだけで何もできなかった。

6　十メートルの飛《と》び込み台の上からプールに飛び込もうと思ったが、登《のぼ》ってみたらあまりの高さに

a　おどおど
b　こわごわ
c　はっと
d　はらはら

してしまって、飛び込めなかった。

7　最近、株《かぶ》を買う人がふえているが、株《かぶ》を買った人は、一日一日の株の値《ね》動《うご》きに

a　おずおず
b　こわごわ
c　はっと
d　はらはら

しているそうだ。

8　中でがさがさ音がしている箱を、子供は

a　こわごわ
b　どきどき
c　はらはら
d　びくびく

開けようとしていた。

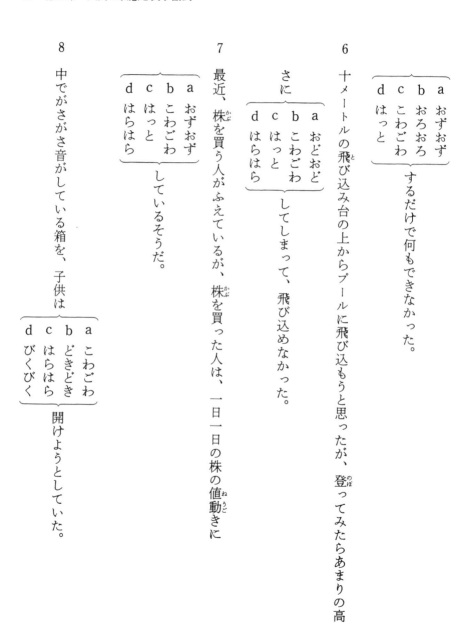

9　子供が車にぶつかりそうになったのを見て、{a おずおず　b おろおろ　c こわごわ　d はっと}息を飲んだ。

10　私は高い所に登っている人を見ると、落ちないかと思って{a おずおず　b はらはら　c はっと　d びくびく}してしまう。

11　目の前で友達が急に倒《たお》れたので、私はどうしていいかわからず{a おろおろ　b こわごわ　c はっと　d びくびく}するばかりで、救急車を呼ぶ事もできなかった。

12　子供が大きな虫を{a こわごわ　b どきどき　c はっと　d はらはら}つかんだが、すぐ手をはなしてしまった。

〔八〕

不《ふ》愉《ゆ》快《かい》な気持ちなどを表す言い方

1　いらいら　物事が順調《じゅんちょう》に進まず、気持ちが落ち着かないようす。

(1) 昨日《きのう》は電車がなかなか来なくていらいらした。
(2) 高速道路《こうそくどうろ》が車で渋滞《じゅうたい》し、会議に遅れるのではないかといらいらした。

2 **かんかんに**　とても強く怒《おこ》っているようす。
(1) 部下が大切な書類をなくしたので、部長はかんかんに怒《おこ》っている。
(2) 飛行機事故を起こした航空会社の無責任な態度に、乗客の家族たちはかんかんに怒《おこ》っている。

3 **ぴりぴり**　神経《しんけい》が異常《いじょう》に敏感《びんかん》になっているようす。
(1) このごろ母親がぴりぴりしているので、子供たちもいつも落ち着かない。
(2) あの事件があってから、友達はぴりぴりしている。

4 **ぶすっと**　機嫌《きげん》が悪く黙《だま》っているようす。
(1) あの人は低血圧《ていけつあつ》のせいか、朝はいつもぶすっとしている。
(2) いつまでもぶすっとした顔をしていないで、早く機嫌《きげん》をなおしなさい。

5 **むかむか**　急に不愉快《ふゆかい》に感じたり、怒《おこ》りたくなる気持ち。この場合、ほとんど自分の気持ちの表現に使う。
(1) あの人はいつも生意気《なまいき》なので、会うとむかむかする。
(2) 公約《こうやく》を守らない議員《ぎいん》をみると、むかむかして税金《ぜいきん》を払いたくなくなる。

【注】　急に吐《は》き気がするようすにも使われる。
(1) 私は船に乗ると、船酔《ふなよ》いをして必ず胸がむかむかする。

6　**むっと**　怒《いか》りや不機嫌《ふきげん》さを表情に表すようす。

(1)「女性は家庭にいるべきだ」と言ったら、聖子《せいこ》さんはむっとした顔で、「あなたの考えは古い」と反論してきた。

(2) 山田さんは私の言ったことを誤解《ごかい》したらしく、急にむっとした顔をした。

練習問題〔八〕

｛　｝の中から、適当なものを一つ選びなさい。

1　約束の時間が過ぎても、友達がなかなか来ないので ｛a いらいら　b かんかん　c ぴりぴり　d ぶすっと｝ した。

2　店員はどんな事があっても、お客様に ｛a かんかん　b ぴりぴり　c むかむか　d むっと｝ した顔をしてはいけない。

3　張さんに来た手紙をだまって読んだら、張さんは ｛a いらいら　b かんかん　c ぴりぴり　d むかむか｝ に怒《おこ》った。

4
社長におせじばかり言っている彼を見ると、私は
a かんかん
b ぴりぴり
c ぶすっと
d むかむか
してくる。

5
受験生《じゅけんせい》を持つ家庭では、本人より家族の方が
a いらいら
b かんかん
c ぴりぴり
d ぶすっと
しているそうだ。

6
公衆《こうしゅう》電話の前の人が長話《ながばなし》をしているので、私は
a いらいら
b かんかん
c ぴりぴり
d ぶすっと
してきた。

7
彼は馬鹿《ばか》にしたようなことを言うので、私は
a いらいら
b ぴりぴり
c ぶすっと
d むかむか
して、なぐりたくなった。

8
本田さんは自分が悪いのに、先生にしかられると、すぐ
a いらいら
b ぴりぴり
c ぶすっと
d むかむか
した顔をして口を

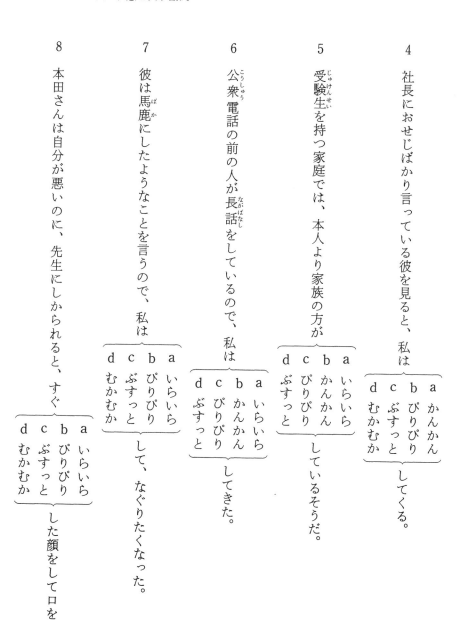

とがらす。

9　この間、彼女に「少し太ったね」と言ったら、

a いらいら
b かんかん
c ぴりぴり
d むっと

した顔でにらまれた。

10　木田さんは何かおもしろくない事があったのか、教室にいても

a いらいら
b かんかん
c ぶすっと
d むかむか

していて何も話さない。

11　先生は学生が宿題をしてこなかったので

a かんかん
b ぴりぴり
c むかむか
d むっと

に怒《おこ》っている。

12　転勤命令《てんきんめいれい》の出る時期になると、社員は転勤させられるかもしれないので

a かんかん
b ぴりぴり
c むかむか
d むっと

してくる。

〔九〕 悲しいようすや、さびしさを表す言い方

1 **しくしく**　静かに泣いているようす。

(1) あの子はどうしたのかしら。朝から部屋の隅《すみ》でしくしく泣いている。

(2) 亡《な》くなった父の思い出をみんなで話していたら、妹がしくしく泣き始めた。

2 **しょんぼり**　元気がなく、さびしそうなようす。

(1) その受験生は合格発表の掲示板《けいじばん》を見て、しょんぼり帰って行った。

(2) 試験に落ちたぐらいでしょんぼりしないで、もっと元気を出しなさい。

3 **ぼろぼろ**　涙が粒《つぶ》のように続いて流れて落ちるようす。また、物が粒状《つぶじょう》にこぼれ落ちるようすにも使う。

(1) 気の強い山本さんが、その映画を見ながらぼろぼろ涙を流した。

4 **わあわあ**　大きな声を出して激《はげ》しく泣くようす。

(1) 父親にしかられた子供は、わあわあ大きな声で泣き出した。

(2) 父に突然死なれた時は、ほかの人がいるのも忘れてわあわあ泣いてしまった。

練習問題〔九〕

上の文と下の文が一つになるように、線で結びなさい。

1　リーさんは昨日の晩はホームシックで　　a　しょんぼり座っている。

2 うちの五歳の娘は悲しいテレビドラマがあると、

3 小学校のころ、親しい友達が転校したので、

4 彼は仕事に失敗して部長に怒《おこ》られたらしく、

5 高校野球のテレビを見ていると、勝っても負けても

6 彼は一人娘の結婚式の前日、誰にも分からないように大粒《おおつぶ》の涙を

7 デパートのおもちゃ売場でおもちゃを買ってもらえない子供が、

8 病院で注射《ちゅうしゃ》をうたれた子供が、

b ぼろぼろ流しながら、酒を飲んだと言っていた。

c わあわあ泣いて痛がっている声が、待《まち》合室《あいしつ》まで聞こえた。

d しくしく泣きながら、御両親に手紙を書いたそうだ。

e しくしく泣きながら見ている。

f ぼろぼろ涙を流す選手の姿が目につく。

g しょんぼり一人で遊んでいたことがあった。

h わあわあ売り場中に聞こえる声で泣いていた。

〔十〕 その他の心の動きを表す言い方 (1)

1 **うかうか**　まわりに気をとられたり、不注意でいる状態。

(1) 都会ではうかうか歩いていると、車にはねられますよ。

(2) 人込みの中ではうかうかしていると、お金を盗《ぬす》まれるから気をつけなさい。

2 **うっとり**　美しいものに心をひかれて、自分を忘れてしまうような状態。

(1) 空の色があまりに美しいので、うっとり眺《なが》めていた。
(2) きれいな音楽にうっとり耳を傾《かたむ》けていて、時のたつのも忘れてしまった。

3 **さっぱり** きれいで気持ちのいいようす。
(1) 久《ひさ》しぶりにお風呂《ふろ》に入ってさっぱりした。
(2) 夏になって暑くなったので、長い髪《かみ》の毛を切ったらさっぱりした。

4 **すっと** それまでの不愉快《ふゆかい》な気持ちがなくなって、気分がよくなった状態。「すっとする」の形で使う。
(1) 長い間借りていたお金をすべて返したので、すっとした。
(2) バスに酔《よ》って気持ちが悪くなったが、冷たい風にあたったら胸《むね》がすっとした。

5 **ひしひし** 何かを特別に強く感じるようす。
(1) 十二月になると、寒さがひしひしと感じられる。
(2) 入学試験を受けてみて、勉強不足をひしひしと感じた。

6 **ふわふわ** いい事や、うれしい事があって、心が落ち着かないようす。
(1) 彼女はもうすぐヨーロッパ旅行に出かけるので、このごろふわふわしていて仕事どころではない。
(2) 何かいい事でもあったのでしょうが、そんなにふわふわしていては勉強ができないでしょう。

7　**ぼんやり**　元気がなく、頭がよく働かない状態。

(1)　今日は疲《つか》れて朝からぼんやりしている。

(2)　論文が書けなくて、ぼんやり外ばかり眺《なが》めている。

【注】形や色がはっきり見えない状態や、記憶《きおく》がはっきりしない状態。

(1)　子供のころのことは、ぼんやりとしか思い出せない。

(2)　遠くの山が霧《きり》に包《つつ》まれてぼんやりしている。

8　**むずむず**　何かをしたいのに、できないので、落ち着かないようす。

(1)　運転免許《めんきょ》を取ったばかりなので、早く運転したくてむずむずしている。

(2)　つまらない会議がなかなか終わらないので、みんな早く帰りたくてむずむずしている。

練習問題〔十〕の(1)

〔　〕の中から適当なものを一つ選びなさい。

1　あざやかな着物姿の舞子《まいこ》さんに〔a うっとり　b さっぱり　c ひしひし　d ふわふわ〕見とれているうちに、すりにさいふをとられてしまった。

2　団体旅行では｛a うかうか　b さっぱり　c ひしひし　d むずむず｝していると、みんなからはぐれてしまう。

3　悩《なや》みを友達に打ち明けたら、気持ちが｛a うかうか　b うっとり　c すっと　d ひしひし｝して気が楽になった。

4　私は子供のころ、母がおいしい料理を作ってくれている間、いつも早く食べたくて｛a うかうか　b さっぱり　c ひしひし　d むずむず｝していた。

5　健康の時はわからないが、病気になると、誰《だれ》もが健康《けんこう》のありがたさを｛a うっとり　b さっぱり　c すっと　d ひしひし｝と感じるものだ。

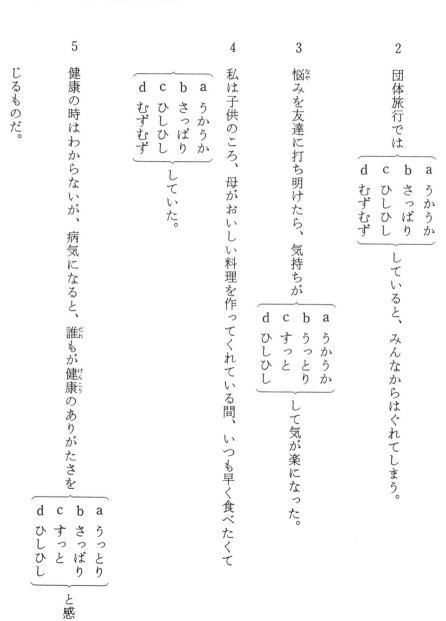

6　スポーツをして汗《あせ》をかいた後、シャワーを浴《あ》びると身も心も｛a さっぱり　b ひしひし　c ふわふわ　d むずむず｝してとても気持ちがいい。

7　今日の朝、ラッシュアワーの駅のホームを｛a うかうか　b うっとり　c さっぱり　d すっと｝歩いていたら、後から突《つ》き飛《と》ばされてしまった。

8　一千万円の宝くじにあたったら、気持ちが｛a うっとり　b ひしひし　c ふわふわ　d むずむず｝してとても落ち着いていられないだろう。

9　運動会で足の早い人は｛a うっとり　b すっと　c ふわふわ　d むずむず｝して、自分の走る番を待っている。

10 気の重い仕事が終わったら、頭が
a うかうか
b うっとり
c すっと
d ひしひし
して、元気が出てきた。

11 好きな人からデートに誘《さそ》われた恵子さんは、本を読んでいるが心が
a さっぱりと
b すっと
c ふわふわ
d むずむず
して、意味などわからない。

12 一面のお花畑《はなばたけ》を
a うかうか
b うっとり
c すっと
d むずむず
眺《なが》めていたら、嫌《いや》なことはすっかり忘れてしまい、また元気が出てきた。

13 交通事故を起こしてから、車の恐ろしさを
a さっぱり
b ひしひし
c ふわふわ
d むずむず
と身に感じても遅い。

14　この一年間にあった嫌《いや》なこと、つらかったことなどを｛a うかうか　b うっとり　c さっぱり　d ふわふわ｝忘れて新年を迎えようというのが、忘年会の本当の意味です。

15　昨日の晩よく眠れなかったので、頭が｛a うかうか　b すっと　c ひしひし　d ぼんやり｝している。

その他の心の動きを表す言い方⑵

1　**いきいき**　元気なようすを表す。

(1)　都会ではいきいきした若者が少くなった。

(2)　休みを自然の中で過ごした若者達は、いきいきとした表情で戻って来た。

2　**さらりと**　人の心があっさりしていて、物事にこだわらないようす。

(1)　失敗したことなどさらりと忘れて、またがんばりなさい。

(2)　彼は大会社の部長の椅子《いす》もさらりと捨てて、田舎《いなか》で生活する道を選《えら》んだ。

3　**すっきり**　心に残るものがなくなり、気持ちがいいようす。

(1)　悩《なや》みをだれかに話すと、すっきりする時もある。

(2) その事件は一応解決したと言うが、私はどうもすっきりしない気持ちだ。

4　**のびのび**　物事にとらわれず、自由であるようす。

(1) あの人はのびのび育ったに違いない。

(2) 私の家は狭《せま》いので、のびのびと横になることもできない。

5　**ぼやぼや**　気がきかないで、ぼんやりとしているようす。

(1) ぼやぼやしていると、みんな先へ行ってしまいますよ。

(2) ぼやぼやしていないで、早く勉強してしまいなさい。

練習問題〔十の(2)〕

｛　｝の中から適当なものを一つ選びなさい。

1　都会の複雑な人間関係の中で生きていくより、田舎《いなか》でもっと自由に｛a のびのび　b すっきり　c さらりと｝生きてみたい。

2　思い切り動き回った子供達はきっと満足《まんぞく》したのだろう。見るからに｛a べったり　b いきいき　c のびのび｝とした顔をしていた。

3　人通りの多い所を｛a ぼやぼや　b べったり　c のびのび｝歩いていると、危《あぶ》ないですよ。

4　一日も早くこの仕事を終えて｛a さらりと　b すっきり　c いきいき｝したいものだ。

5　私はあきらめのいい性格で、いくら努力してもだめなことは｛a のびのび　b すっきり　c さらりと｝忘れて、次の仕事にとりかかることができる。

第四章　人間の動作についての副詞

〔一〕「眠り」を表す言い方

1　**うつらうつら**　半分眠っているようす。

(1)　暖かい日、電車の中でうつらうつらしている人が多い。

(2)　きのう夜遅くまで勉強したので、授業中うつらうつらしていた。

2　**うとうと**　浅い眠りに入っているようす。眠るつもりはないが、眠ってしまう状態に多く使われる。

(1)　こたつの中で本を読んでいるうちに、ついうとうとしてしまった。

(2)　赤ちゃんを寝かせながら、そばで母親もうとうとしている。

3　**ぐうぐう**　深く眠る様子で、いびきの音を伴うことが多い。

(1)　友達は疲れていたのか、ベッドに入るとすぐぐうぐう眠ってしまった。

(2)　少しお酒を飲むと、いつもあの人はぐうぐう寝てしまう。

4　**ぐっすり**　深く眠っている状態を言う。

(1) 子供はぐっすり眠っているから、今起こすのはかわいそうだ。
(2) 近ごろはぐっすり眠れなくて疲れがとれない。

5 こっくり　居眠《いねむ》りをしていて頭が急に前に動くようす。
(1) 図書館で本を開いたまま、こっくりしている学生がいる。
(2) 電車の中でこっくり居眠りをしている人が多い。

6 すやすや　静かに気持ちよさそうに寝ているようす。
(1) 赤ちゃんがベッドの中ですやすや眠っている。

〔二〕食べたり、飲んだり、吸《す》ったりする状態を表す言い方

1 がつがつ　飢《う》えた状態で食べ物を食べるようす。
(1) ライオンは長い間えさがなかったのか、つかまえた動物をがつがつ食べていた。

2 ちびちび　何かを少しずつ飲むようす。
(1) ビールはちびちび飲んでもうまくない。一気に飲むのがいい。

【注】少しずつ何かをするようすにも使われる。
(1) 貯金《ちょきん》しているといってもちびちびだから、なかなか車は買えない。

3 ぱくぱく　大きな口を開けて盛《さか》んに物を食べるようす。
(1) 若い人達は、何でもぱくぱく食べる。

(2) みっともないから、人前でぱくぱく食べてはいけませんよ。

【注】

(1) 音をたてないで、口を大きく開《あ》けたり閉《と》じたりするようす。

金魚はいつも口をぱくぱくさせている。

4　**ぷかぷか**　たばこを盛《さか》んに吸《す》うようす。

(1) そんな所でぷかぷかタバコを吸《す》っていないで、早く会社に行きなさい。

(2) パイプをぷかぷか吹かしているのが、木村さんです。

5　**もりもり**　食欲《しょくよく》があって盛《さか》んに食べるようす。

(1) 前のようにもりもり食べて、早く元気になってください。

【注】

(1) 積極的に何かやろうとする気持ちが強く起こるようす。

病気がなおったら、もりもり仕事がしたくなった。

練習問題〔一〕〔二〕

上の文と下の文が一つになるように、線で結びなさい。

1　きのうの晩はぐっすり

2　英語の本を読んでいて、こっくり

3　運動をした後、若い学生達はもりもり

4　このごろはたばこをぷかぷか

5　山田さんは毎晩お酒をちびちび

a　飲みながら、テレビを見る。

b　夕食を食べた。

c　吸《す》う女性が多い。

d　居《い》眠《ねむ》りをしてしまった。

e　眠ったので、気持ちがいい。

〔三〕

静かに何かをするようすを表す言い方

1　**こそこそ**　他の人にはわからないように何かをするようす。悪い事をする時に多く使われる。

(1)　冷蔵庫《れいぞうこ》からこそこそつまみぐいをしていたのを、母に見つかってしまった。

(2)　あの二人は、隅《すみ》の方で時々こそこそないしょ話をしている。

2　**こっそり**　静かに、そして他の人に気づかれないように何かをするようす。

(1)　昨夜、泥棒《どろぼう》はこの窓からこっそりしのび込んだらしい。

(2)　夜遊びして遅《おそ》く帰った時は、親にわからないようにこっそり玄関を開ける。

3　**じっと**　「じっと」とともに使われる動詞は、「座っている」「立っている」「寝ている」などが多い。

(1)　畳《たたみ》の上に長い間じっと座っていると、足がしびれてくる。

(2)　アフリカで飢餓《きが》のために死んでいく子供達のことを考えると、じっとしていられない気持ちです。

【注】

(1)　視線《しせん》や考えを、ある物事からそらさないでいるようすにも使われる。
　占《うらな》い師《し》は長い間じっと掌《てのひら》を見ていました。

4　**そっと**　人のじゃまをしないように、静かに何かをするようす。

(1)　赤ちゃんが寝ているのでそっと窓を閉めた。

(2)　遅刻《ちこく》して恥《はず》かしかったので、教室の後のドアをそっと開けて中に入りました。

練習問題〔三〕

（　）の中に、「こっそり」「そっと」「じっと」「こそこそ」の中から適当なことばを選んで入れなさい。

1　これはこわれやすい物ですから、（　　　）運《はこ》んでください。
2　ハワイのワイキキ海岸には（　　　）寝ころんで体を焼《や》いている人々が多い。
3　ガードマンが近づいて来たので、万引《まんび》きをしていたその男は（　　　）逃げ出した。
4　友達が眠っている間に、（　　　）手紙を読んでしまった。
5　写真をとりますから（　　　）していてください。

〔四〕動作の速い、遅いを表す言い方

A　速いようす

1　**さっさと**　仕事や動作を速くするようす。
(1)　時間がないから、さっさと歩きなさい。
(2)　今晩映画に行くので、さっさと仕事を片づけておきましょう。

2　**てきぱき**　動作が速く要領《ようりょう》よく行われるようす。
(1)　彼の仕事はいつもてきぱきしていて、気持ちがいい。
(2)　あの子は五歳なのに、質問にもてきぱき答えられるしっかりした子だ。

3　**ばりばり**　勢《いきお》いよく仕事などを進めているようす。

(1)　猛烈《もうれつ》社員とは、ばりばり仕事をする人のことです。

(2)　これから入試まであと三カ月、ばりばり勉強しよう。

B　遅いようす

1　**のろのろ**　動作が鈍《にぶ》く非常に遅いようす。

(1)　のろのろ運転しているのは、たいてい免許《めんきょ》を取りたての人だ。

(2)　のろのろ歩く亀《かめ》が、最後には兎《うさぎ》に勝ったという昔話《むかしばなし》があります。

2　**ぼやぼや**　気がきかないで、ぼんやりしているようす。

(1)　ぼやぼやしていると、みんな先へ行ってしまいますよ。

(2)　ぼやぼやしていないで、早く勉強してしまいなさい。

3　**まごまご**　どうしていいかわからず、迷《まよ》うようす。

(1)　地下鉄の入口がわからず、まごまごしてしまって約束の時間に遅れた。

(2)　パーティーで急にスピーチを頼まれて、まごまごしてしまった。

練習問題〔四〕

次の文を完成しなさい。

1　テレビばかり見ていないで、さっさと（　　　　　　　　　　）

2　あの有能《ゆうのう》な秘書《ひしょ》はてきぱき（　　）

3　初めて子供が生まれて父親になった。さあ、きょうからばりばり（　　）

4　横断《おうだん》歩道《ほどう》をのろのろ（　　）

5　しばらくぶりで新宿へ行ったら、まごまごしてしまって（　　）

〔五〕

一緒に、同時に動作が行われる場合

1　**いちどに〔一度に〕**

(1)　グラス一杯のウイスキーを一度に飲んでしまった。

(2)　休みになったら、疲れが一度にどっと出た。

2　**いっしょに〔一緒に〕**

(1)　今度はぜひ奥さんと一緒に私の家にも遊びにいらしてください。

(2)　皆さん、一緒に大きな声でもう一度始めから読んでみましょう。

3　**いっせいに**　みんなが同時にそろって何かをするようす。

(1)　近くで急に大きい音がしたので、部屋にいた人々はいっせいに立ち上がって外へ出てみた。

(2)　何百人というランナーが「スタート」の合図《あいず》とともに、いっせいに走り出した。

4　**ともに**　「AはBとともに」「AとともにBは」の文型をとる。「ともに」は「一緒に」より書き言葉に多く使われる。

(1) 今回は社長とともに出張《しゅっちょう》することになった。
(2) 日本の経済成長とともに、世界における日本の役割《やくわり》は重要になってきた。

〔六〕

別々に動作が行われる場合

1 **いちいち**　一つ一つについて、の意味。
(1) あの人は私の言うことにいちいち反対ばかりする。
(2) トラベラーズ・チェックは十枚ずつになっていますから、いちいち数えなくても大丈夫ですよ。

2 **くちぐちに〔口々に〕**　人々がそれぞれ同じようなことを言うようす。
(1) それを聞いた人々は口々に「反対」と叫《さけ》んだ。
(2) 広場に集った人々は、口々に大統領《だいとうりょう》をほめた。

3 **それぞれ**　みんなが別々に、の意味。
(1) 同級生だった三人は、それぞれ違った職業《しょくぎょう》についた。
(2) 「今日は自由行動の日ですから、それぞれ好きな所へいらしてください」とツアー・ガイドが言った。

4 **ひとつひとつ〔一つ一つ〕**　一つずつ、の意味。
(1) 飛行機は部品を一つ一つ慎重《しんちょう》に組み立てて完成させます。
(2) 故郷《こきょう》に帰って十年たったが、まだ留学時代の事が一つ一つ思い出に残っている。

5 わかれわかれに〔別れ別れに〕 別々に、離《はな》れて、の意味。

(1) あの兄弟《きょうだい》は別れ別れに暮らしている。

(2) 戦争で別れ別れになった家族の悲劇《ひげき》が、今も続いている。

練習問題〔五〕〔六〕

｛ ｝の中から適当なものを一つ選んで入れなさい。

1 父は単身《たんしん》赴任《ふにん》で札幌《さっぽろ》にいるし、兄はアメリカに留学しているし、家族はみんな｛a 別れ別れに　b ともに　c いちいち｝暮らしている。

2 入社した喜びと｛a いちいち　b ともに　c いっせいに｝、社会人としての責任も強く感じるこのごろです。

3 デモの学生達は「戦争反対」と｛a いちいち　b 口々に　c 一つ一つ｝叫《さけ》んだ。

4 首相《しゅしょう》がその部屋に入ると、それまで座っていた議員達は｛a いっせいに　b 別れ別れに　c いちいち｝立ち上がった。

5 母は私のすることに { a 口々に / b いちいち / c それぞれ } 文句を言うので、嫌《いや》になってしまう。

6 忘れ物がないか、出発前にもう一度スーツケースの中の物を { a 一つ一つ / b いっせいに / c ともに } ていねいに調べてみた。

7 人の好みは { a 一度に / b 一緒に / c それぞれ } 違う。

8 あの二人はとても仲がいいようだ。いつも { a いっせいに / b それぞれ / c 一緒に } 買い物をしたり、映画を見に行ったりしている。

9 この寮《りょう》で日本人の学生達と { a ともに / b 一度に / c それぞれ } 暮らしたことは、一生忘れられないだろう。

10 最後の演奏《えんそう》が終わると、人々は { a 別れ別れに / b 口々に / c いっせいに } 立ち上がって拍手《はくしゅ》した。

〔七〕話し方についての言い方

A　よくしゃべるようす

1　**ぺちゃくちゃ**　うるさくしゃべり続けるようす。
(1) 授業中、ぺちゃくちゃおしゃべりばかりしている女子学生が多い。
(2) あの子は子供のくせに、よけいなことをぺちゃくちゃしゃべる。

2　**べらべら**　休みなくよくしゃべったり、話してはいけないことをしゃべるようす。
(1) あの人はいつも一人でべらべらしゃべってばかりいて、私の話など全然聞いてくれない。
(2) 大臣は、秘密《ひみつ》の外交問題を新聞記者にべらべら話してしまった。

3　**ぺらぺら**　外国語などを上手に話すようす。また、止まらずによくしゃべるようすにも使われるが、この場合、軽蔑《けいべつ》の気持ちが入っている場合が多い。
(1) スミスさんは一年しか日本語を勉強していないのに、ぺらぺら話すことができる。
(2) あの政治家はよくあのようにぺらぺらとうそが言えるものだ。

4　**ぽんぽん**　誰に対しても、勢《いきお》いよくものを言うようす。
(1) あの人はぽんぽんものを言う。
(2) 昨晩はお酒を飲んだ勢《いきお》いで、課長にぽんぽん言いたいことを言ってしまった。

B　大声で話したり、騒いだりするようす

1　**がやがや**　大勢《おおぜい》の人がそれぞれ勝手に話しているようす。

(1)　先生が来るまでの教室の中は、いつもがやがやしている。

(2)　急に表の方ががやがやしてきたので、外に出てみた。

2　**がんがん**　やかましい大きな声で怒《おこ》るようす。

(1)　同じことを、そんなに何度もがんがん言わないでください。

3　**わあわあ**　大きな声で叫《さけ》ぶ声、またそのようす。

(1)　ボクシングの試合《しあい》で興奮《こうふん》した観客《かんきゃく》が、わあわあ叫《さけ》んだ。

(2)　もう夜遅いからわあわあ大きい声を出して騒いではいけませんよ。

4　**わいわい**　人々が大きい声で話したり、騒いだりしているようす。

(1)　子供達が、外でわいわい騒いでいる。

(2)　あんな失言《しつげん》をしては、マスコミにわいわい騒がれても仕方がない。

C　小さい声で話すようす

1　**ひそひそ**　他の人に聞かれないように、こっそり小さい声で話すようす。

(1)　野村さんと安田さんは何をひそひそ話しているんでしょうね。

(2)　図書館でひそひそ話をしていたら、隣の人に注意された。

2 **ぼそぼそ** 低《ひく》く小さな声で話すようす。

(1) ぼそぼそ話さないで、もっと大きな声ではっきり言ってください。

(2) 安アパートなので、隣の部屋の夫婦がぼそぼそ話している声が聞こえる。

D 文句を言うようす

1 **ぶうぶう** 文句や不満を強く言うようす。

(1) あの人はいつもぶうぶう文句ばかり言っている。

(2) あした試験をすると言ったら、学生達はぶうぶう文句を言った。

2 **ぶつぶつ** 小さい声で不平《ふへい》などを言うようす。

(1) 何をかげでぶつぶつ言っているの。はっきり言いなさい。

(2) その法案《ほうあん》は通ったが、不満な議員達はぶつぶつ文句を言っていた。

練習問題〔七〕

｛ ｝の中から適当なことばを一つ選びなさい。

1 道路で｛a わいわい　b ぺらぺら　c ぼそぼそ｝声がするので窓を開けてみたら、すぐ近くが火事だった。

2　そんなに｛a　がやがや　b　ぶつぶつ　c　べらべら｝文句ばかり言ってないで、課長に直接話したらどうですか。

3　小学生達が｛a　ぽんぽん　b　がやがや　c　がんがん｝話しながら、教室から出て来た。

4　先生が話をしているのに、学生達は｛a　ぺちゃくちゃ　b　がんがん　c　ぶうぶう｝しゃべっていて、ちっとも聞いていない。

5　山田さんは小学校から高校までフランスに住んでいたので、フランス語が｛a　わあわあ　b　ぺちゃくちゃ　c　ぺらぺら｝です。

6　さっき廊下《ろうか》の隅《すみ》で中村さんと、何を｛a　がんがん　b　ひそひそ　c　わいわい｝話していたんですか。

〔八〕

動作についての気持ちを表す言い方

1　**あくまで**　どこまでも徹底的《てっていてき》にするという強い意志を表す。

(1) 私はこの問題にはあくまで反対するつもりです。
(2) 私はあの人の無実《むじつ》をあくまでも信じます。

2　**せっかく**

a　努力してやったのに、その行為《こうい》がむだになり残念だという気持ちを表す。

(1) 美術館《びじゅつかん》へせっかく行ったのに、休館《きゅうかん》だった。
(2) せっかくたくさんごちそうを作って待っていたのに、お客さんは来なかった。

b　努力して得《え》た結果や人の好意《こうい》、また、めったにない機会《きかい》などをむだにしないようにという気持ちを表す。

(1) せっかく大学へ入ったのだから、一生懸命《いっしょうけんめい》に勉強しよう。
(2) せっかく招待《しょうたい》してくださったのだから、ぜひそのパーティーに出席したいと思います。

3　**ついでに**　ある物事を行うのに、ちょうど良い機会《きかい》。また、その機会《きかい》を利用して一緒に他の仕事を行うこと。

(1) 病院へ行くついでに銀行にも行って来よう。
(2) 皆様がお集まりになった良い機会《きかい》ですので、ついでに会の新しいメンバーを御紹介いたします。

4　**とにかく**　何かをするには十分に条件はそろってはいないが、まず、その事をやってみるという意味。「ともかく」も同じ意味で使われる。

(1) 病気なのだからお金の心配より、とにかく病院へ行った方がいいですよ。

(2) まだ全員集まりませんが、とにかくパーティーを始めましょう。

5 ともかく

a 「～はともかく」の形で使われ、その事より、次の事の方が重要であるという意味。

(1) 病気なのだからお金の心配はともかく、病院へ行った方がいいですよ。

(2) おなかがすいているので、おいしい料理はともかく、何でもいいから食べ物をください。

b 「～ならともかく」の形で使われ、それなら別だが、あるいは、それなら問題はないが、の意味。

(1) 貯金《ちょきん》があるならともかく、安サラリーマンでは車のローンは簡単には払えない。

(2) 勉強しているならともかく、遊んでばかりいて成績がいいはずがない。

6 なるべく　できるだけ、可能《かのう》な限《かぎ》りそのように、の気持ち。

(1) お金がないので、なるべく安い家賃《やちん》の所がいいのですが。

(2) 今度のパーティーには、なるべく参加してください。

7 わざと　意識《いしき》して何かをすること。あまりいい意味では使われない。

(1) 知っているのに、わざと知らない顔をする。

(2) パーティーにあの人も来ていたが、話したくなかったので、わざと気がつかないふりをした。

8 わざわざ　他のことと一緒にするのではなく、その事のために時間を使って何かをすること。

(1) 雨の中をわざわざお出でくださいまして、ありがとうございました。

(2)　わざわざ駅まで迎《むか》えに行ったのに、友達は約束の時間に来なかった。

練習問題〔八〕

（　）の中に、「あくまで」「せっかく」「ついでに」「とにかく」「ともかく」「なるべく」「わざと」「わざわざ」の中から、適当なものを選んで入れなさい。

1　このレストランの料理は値段は（　　）、味はすばらしい。

2　彼はたとえ殺されても、戦争《せんそう》には（　　）反対すると言っている。

3　車の運転は頭であれこれを考えるのではなく、（　　）なれる事です。

4　天気が良いなら（　　）、こんな悪い天気にハイキングに行きたくない。

5　子供に（　　）高いパソコンを買ってあげたのに、すぐあきて使わなくなった。

6　買い物に行った（　　）あなたの手紙も出しておきます。

7　宿題は（　　）少ない方がいいと言う学生と、多い方がいいと言う学生がいますが、あなたはどうですか。

8　いくら古くなったと言っても、自転車を（　　）こわす事はないでしょう。

9　あなたが行くなら（　　）、私一人で旅行なんか行きたくないです。

10　彼の家は金持ちだが、彼は大学を（　　）自分の力で卒業すると言って、アルバイトをしてがんばっている。

11　（　　）京都まで来たのだから、奈良《なら》へも行ってみましょう。

12　満員《まんいん》電車の中で足を踏《ふ》んでもあやまらない人がいたので、（　　）その人の足をふんでやった。
13 最近、銭湯《せんとう》へ行く（　　　）コイン・ランドリーを利用している人が増えているそうだ。
14 海外旅行へ行ったら、生水《なまみず》は（　　　）飲まない方がいいです。
15 電話ですむのに、（　　　）来ていただいて申し訳ございません。

〔九〕 **無意識《むいしき》にある動作をしてしまう言い方**

1 **おもわず〔思わず〕** 何かのきっかけで急に思ってもいないことをするようす。
(1) パトカーが後から走って来たので、思わず車のスピードを落とした。
(2) 暗《くら》がりで突然肩《かた》をたたかれ、思わず大声で叫《さけ》んでしまった。

2 **うっかり** 気がつかずに、不注意に何かしてしまうこと。
(1) 友達と約束したのをうっかり忘れてしまった。
(2) 急いでいたので、うっかり財布《さいふ》を家に置いて来てしまった。

3 **しらずしらず〔知らず知らず〕** 知らないうちに、または自分で意識しないうちに、いつの間にかそうなる、あるいはそうなってしまうようす。
(1) そのドラマを見ながら、知らず知らず涙《なみだ》があふれてきた。
(2) スキーは特に習ったことはないが、北海道で育ったので、知らず知らず滑《すべ》れるようになった。

〔十〕 **歩くことについての言い方**

1　**うろうろ**　どうしていいのかわからず、あちらこちら歩くようす。
(1) 考え事をしている時、私は部屋の中をうろうろするくせがある。
(2) 初めて東京に出て来た時、西も東もわからずうろうろしてしまった。

2　**ぞろぞろ**　大勢の人々が続いて動くようす。また、人だけではなく虫などの生物《せいぶつ》や物にも使われる。
(1) お祭《まつ》りの時、子供達はおみこしのあとをぞろぞろついて行く。
(2) この辺は、週末になると、買い物客がぞろぞろ通ります。

3　**ちょこちょこ**　足を少しずつ進めながら、早く歩いたり走ったりするようす。
(1) 車道を小さい子がちょこちょこ歩いているので、危《あぶ》なくて仕方がない。
【注】忙しそうに動き回っているようすにも使われる。
(1) 隣の奥さんは小さい子が三人もいるので、いつもちょこちょこ忙《いそが》しそうに走りまわっている。

4　**のこのこ**　まわりのことを気にしないで出て来たり、のんびりと歩くようす。
(1) 田中さんはパーティーの後《あと》片づけが終わったころ、のこのこ現れた。
(2) あの車が多い道路を、小さい子供がのこのこ歩いて渡《わた》った。

5　**ぶらぶら**　目的もなくのんびり歩き回るようす。
(1) 一日中ただぶらぶら歩き回っていた。
(2) 天気が良かったので、公園をぶらぶら散歩した。

【注】

何もしないでいるようすにも使われる。

(1)　山田さんは失業《しつぎょう》してから、家でぶらぶらしているそうだ。

練習問題〔九〕〔十〕

上の文と下の文が一つになるように、線で結びなさい。

1　友達が病気になったので、手伝《てつだ》いに行ったが
2　まだ時間があるから、
3　歩き始めたばかりの子供が、
4　授業が終るころになって、
5　遠足《えんそく》に来た小学生達は、

a　のこのこ教室に入って来る学生がいる。
b　どこに何があるかわからず、ただうろうろするばかりだった。
c　先生の後をぞろぞろついて歩いていた。
d　ちょこちょこ歩く姿《すがた》はかわいい。
e　その辺をぶらぶら歩いて来よう。

〔土〕　熱心に何かをするようす

1　**いっしょうけんめい**〔一生懸命〕
(1)　一生懸命がんばって勉強しています。
(2)　一生懸命走ったが、とうとう途中で相手に追い抜《ぬ》かれてしまった。

2　**こつこつ**　目立たないが、長い間少しずつ続けて一つのことをやること。
(1)　あの人はこつこつ勉強を続けて、とうとう大学に合格した。
(2)　山田さんはこつこつ資金《しきん》をためて、新しい事業《じぎょう》を始めた。

3　**しっかり**　仕事や勉強などを気持ちをひきしめてがんばってすること。意志や命令《めいれい》などが後に来ることが多い。

(1)　もうじき期末《きまつ》テストだから、しっかり勉強しよう。

(2)　監督《かんとく》は「もっとしっかりがんばれ」と選手《せんしゅ》達をはげました。

4　**せっせと**　熱心に何かを続けてするようす。

(1)　谷さんは週末も休まないで、せっせと仕事をしている。

(2)　そんなにせっせとお金を貯《た》めて、何を買うつもりですか。

練習問題〔十一〕

上の文と下の文が一つになるように、線で結びなさい。

1　あなた達も今日からわが社の社員です。

2　今回の受賞《じゅしょう》は誰のおかげでもありません。

3　私もこの大学の卒業生として恥《は》ずかしくないように

4　自分の家を建《た》てるために、

5　せっかく留学するのだから、

a　せっせと働いてお金を貯《た》めた。

b　体に気をつけて、しっかり研究《けんきゅう》していらしてください。

c　先輩《せんぱい》と同じように、しっかり働いてください。

d　社会に出てからも、一生懸命がんばろうと思います。

e　こつこつ努力してきたあなた自身の成果《せいか》です。

〔十二〕

その他の人間の動作についての言い方

1　**がたがた**　体が寒さや怖《こわ》さでふるえるようす。

(1) 札幌《さっぽろ》の雪《ゆき》まつりはすばらしかったが、寒くて体ががたがたふるえた。

(2) 初めて高いビルの窓ふきをした時は、体ががたがたして掃除《そうじ》などできなかった。

2　**ぎゅうぎゅう**　人や物などを無理に押《お》すようす。

(1) そんなに物をぎゅうぎゅう押し込むと、袋《ふくろ》が破《やぶ》れてしまうよ。

(2) 今朝電車に乗る時、後ろからぎゅうぎゅう押されて胸《むね》がつぶされそうだった。

3　**ぎゅっと**　強く力を入れて何かをするようす。

(1) 日本人と違って欧米人《おうべいじん》は握手《あくしゅ》をする時、ぎゅっと手を握《にぎ》る人が多い。

(2) 靴《くつ》のひもがほどけないようにぎゅっと結《むす》んだ。

4　**ごそごそ**　紙などが触《ふ》れ合うような音を出して、人や生物《いきもの》が動くようす。

(1) こんな夜中に、何をごそごそさがしているんですか。

(2) 箱の中の書類をごそごそひっくりかえしていたら、十年前の日記《にっき》が出てきた。

5　**こっくり**　頭を下げてうなずくようす。

(1) 子供におかしをあげておいしいと聞いたら、こっくりしてにこにこした。

(2) 子供は母親の言葉にこっくりうなずいた。

6　**ごろごろ**　何もしないで過ごしているようす。

(1)　家でごろごろしてばかりいると、体によくないから、散歩《さんぽ》でもしたらいかがですか。

(2)　日曜日は何もしないで、一日中家でごろごろしていた。

7　**ふうふう**　激《はげ》しく苦しそうに息《いき》をするようす。また、苦しいようす。

(1)　運動不足で、ちょっと走っただけでもふうふう言ってしまう。

(2)　仕事が大変で、毎日ふうふう言っています。

8　**ぺたぺた**　何かをたくさん貼《は》ったり判《はん》を押《お》したりするようす。

(1)　子供はどこにでもシールをぺたぺた貼りつける。

(2)　課長はぺたぺたと判《はん》ばかり押している。

練習問題〔十二〕

上の文と下の文が一つになるように、線で結びなさい。

1　休みの日は家で　　　　a　がたがたふるえてしまった。

2　山の頂上《ちょうじょう》に着《つ》いた時、雪が降《ふ》り出し、寒くて　　　　b　ごろごろして、テレビばかり見ています。

3　エレベーターが故障《こしょう》したので、　　　　c　ぎゅっと握《にぎ》って横断歩道《おうだんほどう》を渡った。

4　母親は子供の手を　　　　d　ふうふう言って十階の部屋まで階段を上がった。

5　あの子の部屋の壁《かべ》には、スーパーカーの写真が　　　　e　ぺたぺた貼《は》ってある。

第五章　物事の状態を表す副詞

〔一〕物事が続いて起こったり、何かを続けてするようす

1 **ぞくぞく〔続々〕**　止まらずに続いて何かが起こるようす。

(1) 最近日本の経済に関する本が続々出版《しゅっぱん》されている。

(2) 除夜《じょや》の鐘《かね》の音が鳴り出すと、その神社《じんじゃ》には続々と参拝客《さんぱいきゃく》が訪《おとず》れる。

2 **たてつづけに〔たて続けに〕**　すぐ後に何かが続いて起こったり、動作が続いて行われるようす。

(1) 暖かい部屋から寒い所へ出ると、たて続けにくしゃみが出た。

(2) 田中さんはバーに入るやいなや、たて続けにウイスキーを三杯も飲んだ。

3 **つぎつぎ〔次々〕**　次から次へと続くようす。

(1) あの作家は賞《しょう》をとってから、次々作品を発表している。

(2) 次々に仕事を頼《たの》まれ、ゆっくり休暇《きゅうか》をとることもできない。

4 **つづけざまに〔続けざまに〕**　同じ事が続いて起こることや、同じ動作などを続けるようす。

(1) 十二月に入ると、近所で続けざまに火事が発生《はっせい》した。

(2) 政府は続けざまに税《ぜい》に関する政策《せいさく》を打ち出した。

5 **ばたばた**　物が続いて倒れたりするようす。また、物事を早く続けて片づけるようす。

(1) 台風のために、その商店街《しょうてんがい》の看板《かんばん》はばたばたと倒れた。

(2) 円高で中小企業《ちゅうしょうきぎょう》がばたばた倒産《とうさん》している。

(3) テレビドラマの刑事《けいじ》はどんなむずかしい事件でも、ばたばたと解決《かいけつ》していく。

練習問題〔一〕

上の文と下の文が一つになるように、線で結びなさい。

1 高名なその学者の葬儀《そうぎ》には、最後の別れを告《つ》げるために

2 沼《ぬま》から発生《はっせい》した有毒《ゆうどく》ガスによって、

3 数年ぶりに会ったので、私達は

4 警察《けいさつ》にはその事故について

5 その作家は晩年《ばんねん》になって、

a 問い合わせの電話が次々とかかってきた。

b 続けざまに名作と言われる小説を三篇《さんぺん》も書き上げた。

c 各界から続々と弔問客《ちょうもんきゃく》が訪《おとず》れた。

d まわりの村の動物や人々はばたばたと倒れて死んだ。

e 互《たが》いの近況《きんきょう》をたて続けに話し合った。

〔二〕物事や動作の進み方を表す言い方

A 進み方や変化が速かったり、順調《じゅんちょう》な場合

1　**すいすい**　気持ちよく軽《かる》そうに進んでいくようす。
(1)　赤とんぼが、すいすい飛《と》んでいます。
(2)　星野さんは魚のようにすいすい泳ぐことができる。

2　**すくすく**　赤ちゃんや子供が元気に育つようす。
(1)　子供が生まれると、親はすくすく育《そだ》ってほしいと願う。
(2)　未熟児《みじゅくじ》で生まれた子だが、すくすく成長して小学校へ入学した。

3　**すらすら**　動作が途中で止ったりしないで、滑《なめ》らかに進むようす。特に読み、書きなどに使われる。
(1)　スミスさんは、早く日本語の新聞がすらすら読めるようになりたいと言っている。
(2)　田山さんはきれいな字ですらすら手紙を書いた。

4　**ずんずん**　物事の進行や変化が速いようす。
(1)　その人は八十歳になるのに、富士山をずんずん登《のぼ》っていった。
(2)　子供はずんずん大きくなるので、洋服がすぐ着られなくなる。

5　**すんなり**　何の困難《こんなん》もなく順調《じゅんちょう》に物事が進むようす。
(1)　そのプロジェクトは始める前はむずかしいと思っていたが、すんなりと進んだ。
(2)　この事件は思ったよりも複雑《ふくざつ》で、すんなり解決《かいけつ》できないようだ。

6　**ちゃくちゃくと**〔**着々と**〕　順序《じゅんじょ》通りに進むようす。

(1) 来月の国際会議の準備が着々と進んでいる。
(2) あの人は自分の決めた道を着々と歩《あゆ》んでいる。

7　**とんとん**　話や物事の進行がうまくいくようす。
(1) 彼は一カ月前にお見合いをしたが、話がとんとん進み、もう婚約《こんやく》した。
(2) 新しい事業《じぎょう》計画はとんとんと進み、来月からスタートする。

8　**どんどん**　物事の進行が調子《ちょうし》良く続くようす。
(1) あなたは若いんだから、遠慮《えんりょ》しないでどんどん食べてください。
(2) オートメーションの工場では、製品《せいひん》がどんどんでき上がる。

9　**みるみるうちに**　短い間に早く変化が起こるようす。
(1) 空港を飛び立った飛行機は、みるみるうちに小さくなった。
(2) 空がみるみるうちに暗くなって、雨が降り出した。

10　**めきめき**　進行、発展《はってん》、成長や回復《かいふく》などが目立って良くなるようす。
(1) 日本に来てから日本語がめきめき上達《じょうたつ》した。
(2) 日本の経済はめきめき成長し、今やGNP世界第二位までになった。

B　進み方が遅かったり、順調《じゅんちょう》でない場合

1　**ぐずぐず**　やり方がゆっくりしていたり、遅い場合。
(1) あの人はいつもぐずぐず仕事をするので、急ぐ用事は頼めない。

(2) 母親に早くしなさいと言われても、この子はいつもぐずぐずしている。

2 **しだいに〔次第に〕**　状態が少しずつ変化していくようす。

(1) 天気は午後から次第に良くなってくるでしょう。

(2) 日本に来たばかりのころは、何もわからなくて困りましたが、次第に日本の生活にも慣れてきました。

3 **じょじょに**　変化や進み方が遅いようす。

(1) 今晩は雨ですが、明日の朝からじょじょに天気が回復するでしょう。

(2) あなたの病気は安静《あんせい》にしていれば、じょじょに良くなります。

4 **じわじわ**　少しずつ物事が進んでいくようす。

(1) あの推理小説《すいりしょうせつ》は、はじめは怖《こわ》くないのだが、じわじわ恐ろしくなってくる。

(2) 蒸《む》し暑い部屋に入ると、じわじわ汗《あせ》が出てくる。

5 **ずるずる**　何かをするのに予定や予想よりも長く時間がかかるようす。

(1) うちの会社の会議は、いつもずるずる延《の》びて結論が出ないことが多い。

(2) 明日こそ宿題をしようと思いながら、ずるずる日を過ごしてしまった。

6 **だらだら**　いい状態でないことが長々と続くようす。

(1) この文章はだらだらと長くてまとまりがない。

(2) 長い休み中、何もしないでだらだら過ごしてしまった。

7　**だんだん**　「次第に」と同じ意味だが、話し言葉に多く使われる。
(1)　十一月になってから、だんだん寒くなってきました。
(2)　このごろ、だんだん看板《かんばん》の漢字が読めるようになりました。

8　**ぼつぼつ**　物事を少しずつゆっくり始めるようす。
(1)　夏休みもあと一週間で終わりだから、ぼつぼつ二学期の準備でもしよう。
(2)　もう二月、沖縄《おきなわ》ではぼつぼつ桜も咲くころでしょう。

9　**ゆっくり**　動作《どうさ》が遅く行われるようす。
(1)　もっとゆっくり話してください。
(2)　ゆっくり歩いても、駅まで十分ぐらいです。

【注】　ゆったりとした気分、という意味にも使われる。
(1)　今日はゆっくりしていらしてください。

練習問題〔二〕のA・B

〔　〕の中から適当なものを選びなさい。

1　もう六時ですから〔a めきめき　b 次第に　c ぼつぼつ〕お客様がいらっしゃるころです。

2　子供達が｛a すくすく　b ゆっくり　c 着々｝成長するのを見るのはうれしいものですね。

3　風が強かったので、火は｛a めきめき　b ぐずぐず　c みるみるうちに｝燃《も》え広がった。

4　この町にも最近は｛a どんどん　b めきめき　c すくすく｝新しい建物が建ちますよ。

5　留学してから中山さんのフランス語は｛a めきめき　b すくすく　c べらべら｝上達しましたね。

6　十一月になると｛a すいすい　b すんなり　c だんだん｝寒くなってきます。

7　海に沿《そ》った道を、サイクリングをしている人達が｛a すらすら　b すいすい　c ぶらぶら｝走って行く。

8　来年は景気が｛a ずるずる　b すくすく　c じょじょに｝回復《かいふく》する見通《みとお》しである。

9 夕方になって{a 次第に　b ずんずん　c ゆっくり}風が強くなってきた。

10 ホワイトさんは、もう二年も日本語を勉強したので、今では日本語の新聞や雑誌が{a めきめき　b すらすら　c 着々と}読める。

11 原宿《はらじゅく》の通りを{a ぶらぶら　b ずるずる　c ぼつぼつ}歩いていたら、久しぶりに安田さんとばったり会った。

12 {a だんだん　b ぐずぐず　c ずるずる}していないで、早くしたくをしないと学校に遅れますよ。

13 久しぶりにいらしてくださったんですから、もう少し{a ゆっくり　b ぶらぶら　c じわじわ}なさってください。

14 その工事はみんなの協力《きょうりょく》で、{a 着々と　b ぐずぐず　c すくすく}進んでいます。

15　与党《よとう》は野党《やとう》の申し出を { a すんなり / b めきめき / c ゆっくり } 受け入れた。

C　瞬間的《しゅんかんてき》な動作や状態を表す言い方

1　**がたんと**　急に態度や状態が悪くなるようす。

(1) 今学期は遊んでばかりいたから、成績《せいせき》ががたんと落ちた。

(2) 円高《えんだか》になると輸出《ゆしゅつ》ががたんと落ちて、国の経済に影響《えいきょう》してくる。

2　**がらりと**　急に態度や状態が、以前と全く変わるようす。

(1) 今まで遊んでばかりいた彼は、がらりと変わって勉強するようになった。

(2) 山の天気は変わりやすく、いい天気でもがらりと変わる時がある。

3　**きらりと**　瞬間的《しゅんかんてき》に鋭《するど》く、光り輝《かがや》くようす。

(1) その女性の目に涙がきらりと光った。

(2) 山口さんのダイヤモンドの婚約指輪《ゆびわ》が、シャンデリアの光にきらりと輝《かがや》いた。

4　**くるりと**　何かが急に向きを変えたり、回転《かいてん》したりするようす。

(1) 歩きだしたライオンが、突然《とつぜん》くるりと向きを変えて襲《おそ》って来た。

(2) 飛び込みの選手《せんしゅ》は、くるりと一回転《いっかいてん》して水に飛び込んだ。

5　**さっと**　動作や物事がとても速く行われるようす。

(1) 電車にお年寄《としよ》りが乗って来たら、岸《きし》さんはさっと立って席を譲《ゆず》ってあげた。
(2) 先生がまだ話しているのに、ベルが鳴《な》るとその学生はさっと教室から出て行った。

6　**どっと**　たくさんの人や物が、いっせいに何かをしたり、現れたりするようす。
(1) 野球《やきゅう》の試合《しあい》が終わると、人々はどっと出口へ向かった。
(2) 家に帰って来たら、旅行の疲《つか》れがどっと出た。

7　**ばったり**　急に人や物が倒《たお》れるようす。
(1) 暑い日にマラソンをしていた人が、途中でばったりと倒《たお》れてしまった。
(2) 子供が車にぶつかって、ばったり倒れて動かなくなった。

8　**ぱっと**　何かを急に行ったり、急にそういう状態になるようす。
(1) 公園でえさを食べていた鳩《はと》は、人が近づいたらぱっと飛《と》び立った。
(2) いい考えが頭の中にぱっとひらめいた。

【注】目立つようすにも使われる。
(1) 近ごろは不景気で仕事はぱっとしません。

練習問題〔二〕のC

（　）の中に、「がたんと」「がらりと」「きらりと」「くるりと」「さっと」「どっと」「ばったり」「ぱっと」の中から適当なものを選んで入れなさい。

1 水族館《すいぞくかん》のいるかは、笛の音を合図に水中から飛び上がり、空中で（　　　）回転《かいてん》して、また水中に飛《と》び込んだ。

2 朝の東京駅に到着《とうちゃく》した電車から、乗客が（　　　）降りて来た。

3 ピアニストの演奏《えんそう》が終わると、ホールいっぱいに（　　　）拍手《はくしゅ》がわいた。

4 パトロールカーに追われた暴走族《ぼうそうぞく》のオートバイは、（　　　）向きを変えて、細い道に逃《に》げ込んだ。

5 ジムさんは富士山の頂上《ちょうじょう》で、アメリカにいるとばかり思っていた友人と（　　　）出会ったそうだ。

6 あの店はコックが代《か》わってから、味が（　　　）落ちた。

7 風もないのに、道に立ててあった看板《かんばん》が（　　　）倒れた。

8 山本さんは大学の合格者《ごうかくしゃ》の中に自分の名前を見つけると、顔が（　　　）輝《かがや》いた。

9 洗剤《せんざい》のコマーシャルでは、洗ったお皿がきれいに（　　　）光っている。

10 政局難《せいきょくなん》を理由に、首相《しゅしょう》は内閣《ないかく》の顔ぶれを（　　　）一新《いっしん》した。

11 社長の乗った車が本社に着くと、社員が（　　　）かけよって、車のドアを開けた。

12 庭の木に小鳥がとまっていたので、よく見ようと思って窓を開けたら、（　　　）飛んで逃《に》げてしまった。

13 ホテルに入るとボーイが（　　　）近寄って来て、重いかばんを持って部屋まで運んでくれた。

14 家具の配置《はいち》を変えただけで、部屋の雰囲気《ふんいき》が（　　　）変わった。

15 月の光を受けて彼女の目は美しく（　　　）光った。

〔三〕

物事が混乱《こんらん》したり、壊《こわ》れているようす

1　**ごたごた**　人間関係がうまくいかなかったり、物がまとまりなく置かれているようす。
(1)　あの夫婦《ふうふ》はいつもごたごたしているので、子供の教育に良くない。
(2)　新宿の表通《おもてどお》りはきれいだが、裏《うら》の方はごたごた物がいっぱい出ていて汚《きたな》い。

2　**ごちゃごちゃ**　考えがまとまらず頭の中が混乱《こんらん》したり、多くの物が乱《みだ》れた状態で一つの所に集中しているようす。
(1)　彼はごちゃごちゃ言うので、何を言っているのか良くわからない。
(2)　子供のおもちゃ箱には、いろいろな物がごちゃごちゃ入っている。

3　**どやどや**　たくさんの人が一度に騒《さわ》がしく出たり入ったりするようす。
(1)　玄関《げんかん》を開けると、子供が大勢の友達を連《つ》れて、どやどや入って来た。
(2)　静かだった電車に、高校生の集団《しゅうだん》がどやどや乗り込んで来たので、車内は急にうるさくなった。

4　**ばらばら**　一つにまとまらず、別々に何かをしたり、一つになっていた物事が別々になっているようす。
(1)　共同研究《きょうどうけんきゅう》といっても、みんなばらばらにやっているので、なかなかまとまらない。
(2)　子供が時計をばらばらにしてしまった。

5　**ぼろぼろ**　物が古くなったり、使い過ぎて、壊《こわ》れたり破《やぶ》れたりしてしまったようす。

(1) 洗濯機《せんたくき》で古い毛布《もうふ》を洗ったら、ぼろぼろになってしまった。
(2) この英語の辞書は中学の時から使っているので、もうぼろぼろになってしまった。

6 **めちゃめちゃ**　どうにもならないほど、ひどい状態になったり、壊《こわ》れたりしてしまったようす。
(1) 手が滑《すべ》って花びんを落としてしまったら、めちゃめちゃに壊《こわ》れてしまった。
(2) 楽しいパーティーだったのに、田中さんが変な事を言うので、パーティーはめちゃめちゃになってしまった。

練習問題〔三〕

（　）の中に、「ごたごた」「ごちゃごちゃ」「どやどや」「ばらばら」「ぼろぼろ」「めちゃめちゃ」の中から適当なものを選んで入れなさい。

1 子供は人形の手や足を取って（　　　）にして、とうとう首だけの人形にしてしまった。
2 静かな山の温泉《おんせん》だと思っていたら、団体客《だんたいきゃく》が（　　　）入って来て、急にうるさくなった。
3 あの二人は、去年結婚したばかりなのに、もう離婚問題で（　　　）している。
4 レポートをたくさん書かなければならず、どれから書こうか頭が（　　　）して決《き》められない。
5 授業の終わりのベルが鳴《な》ると、教室から生徒がいっせいに（　　　）出て来てにぎやかになった。
6 うちの猫は爪《つめ》で障子《しょうじ》をひっかくので、障子は一年もしないうちに（　　　）に破《やぶ》れてしまった。

7　美しい街《まち》も戦争があって爆弾《ばくだん》が落ちれば、すべて（　　）に壊《こわ》れてなくなってしまう。

8　私の机《つくえ》の上は（　　）していて、必要な書類をみつけるのに時間がかかる。

9　社長と副《ふく》社長は以前から意見の対立で（　　）しているらしい。

10　戦争のために一家が（　　）になってしまった悲劇《ひげき》が、戦後四十年を過ぎた今日でも問題になっている。

〔四〕

物事がちょうど良かったり、余裕《よゆう》がある場合

1　**きっちり**　物事が、ちょうど合っていたり、物がすきまなく入っているようす。

(1)　いつも約束の時間に遅れる田中さんだが、今日はきっちり時間通りに来た。

(2)　この旅行ケースには物がきっちりつまっているから、もう何も入らない。

2　**ちょうど**　時刻《じこく》や物の分量《ぶんりょう》などが、ある基準《きじゅん》に一致《いっち》することを表す。また、予期《よき》したことや期待《きたい》したことが、その通りになることを表す。この場合は、「都合《つごう》良く」、「具合《ぐあい》良く」の意味。

(1)　A「今、何時ですか。」

B「ちょうど十二時です。」

(2)　駅に着いたら、ちょうど電車が来た。

3　**ぴったり**　物と物がちょうど合うようす。

(1)　この色のセーターには、このスカートがぴったり合う。

(2) いつも遅《おく》れて来る友達が、今日は約束《やくそく》の時間ぴったりに来た。

4 **ゆったり**　広さや大きさに余裕《よゆう》のある場合。

(1) ゆったりしたいい部屋です。

(2) きのうデパートで買った洋服はゆったりしていて、着ごこちがいい。

練習問題〔四〕

〔　〕の中から適当なものを選びなさい。

1 この靴《くつ》は私の足に〔a ぴったり　b ゆったり　c すぐ〕合って、はきやすい。

2 このいすは〔a ちょうど　b きっちり　c ゆったり〕していて、座りごこちがいいですね。

3 A「今、何時ですか。」

B「今、〔a きっちり　b ちょうど　c すぐ〕九時です。授業《じゅぎょう》が始まる時間です。」

4 新幹線《しんかんせん》は時間通り〔a きっちり　b ゆったり　c ごたごた〕出発する。

〔五〕 物の持っている性質を表す言い方

A 粘《ねば》り気《け》のあるようす

1 ねばねば 粘《ねば》り気《け》があってくっつきやすいようす。

(1) 油で手がねばねばする。

(2) 関東の納豆《なっとう》はねばねばしていて気持ちが悪いと、関西出身《かんさいしゅっしん》の人は言います。

2 べたべた 物が粘《ねば》って手などにくっついてくるようす。

(1) のりで手がべたべたになってしまった。

(2) 暑さで飴《あめ》がとけてべたべたする。

【注】 必要以上に愛情《あいじょう》を示《しめ》すようす。

(1) 子供が母親に甘《あま》えてべたべたしている。

3 べったり 粘《ねば》り気《け》のある物や水を含《ふく》んだ物などが、体や他の物に粘《ねば》りつくようす。

(1) テニスをした後は、汗《あせ》でシャツがべったり肌《はだ》について気持ちが悪い。

(2) その皿《さら》には油がべったりとついているので、なかなかきれいにならない。

【注】 頼りきったり、ついて離《はな》れないようすにも使われる。

(1) 母親にべったりついて離れない子がいる。

(2) 山田さんは学生時代は学生運動に夢中《むちゅう》だったが、今は出世《しゅっせ》のために社長べったりの人間になった。

B　滑《すべ》りやすいようす

1　**つるつる**　表面がなめらかで、よく滑《すべ》るようす。
(1) 氷の上はつるつる滑《すべ》るから、初めてスケート靴《ぐつ》をはいた人は立つこともできない。
(2) あのマンションのろうかは、いつもつるつるに磨《みが》いてある。

2　**ぬるぬる**　水気があり少し粘《ねば》るような感じがして、滑《すべ》りやすいようす。
(1) ぬれた手では石鹸《せっけん》はぬるぬるしてつかみにくい。
(2) 登山道《とざんどう》は昨夜の雨でぬるぬるしていて、何度も滑《すべ》ってしまった。

C　乾《かわ》いたようすや、水気のあるようす

1　**さらっと**　さわった感じが乾《かわ》いたように軽いようす。
(1) お風呂《ふろ》を出て、さらっとしたゆかたを着るのは気持ちがいい。
(2) 夏には、木綿《もめん》のさらっとしたシーツが一番いい。

2　**びしょびしょ**　雨や水や汗《あせ》などでひどくぬれたようす。
(1) 傘《かさ》がなかったので、びしょびしょにぬれてしまった。
(2) 急に雨が降ってきて、干《ほ》しておいた洗濯物《せんたくもの》がびしょびしょにぬれてしまった。

練習問題〔五〕

（　）の中に、「さらっと」「べったり」「べたべた」「びしょびしょ」「ぬるぬる」の中から適当なものを選んで入れなさい。

1 車の修理《しゅうり》をしたら、油で手が（　　　）よごれてしまった。
2 うなぎやどじょうは（　　　）してなかなかつかめない。
3 五月は空気が（　　　）乾燥《かんそう》していて、とても過ごしやすい。
4 雨にぬれて髪《かみ》も体も（　　　）になってしまった。
5 七月になると湿度《しつど》も高くなり、ポリエステルのシャツなどを着ると（　　　）と肌《はだ》について気持ちが悪い。

〔六〕 物の動きを表す言い方 (1)

1 **たらたら**　水状《みずじょう》の物が続々と流れ出るようす。
(1) 鼻血《はなぢ》がとまらないでたらたら流れ落ちた。
(2) こう暑くては静かに座っているだけで、汗《あせ》が顔からたらたら流れ出る。

2 **ちょろちょろ**　少量の液体《えきたい》が流れるようす。
(1) 岩と岩の間から水がちょろちょろ流れている。
(2) 水不足で水道の蛇口《じゃぐち》をいくら回しても、水はちょろちょろしか出て来ない。

【注】小さな物が動き回るようすにも使われる。
(1) 地下鉄の線路のまわりを、ねずみがちょろちょろ動き回っている。

3 **はらはら**　涙や木の葉などが続けて落ちるようす。

(1) 斉藤さんは、悲しいドラマを見ながら、はらはら涙を流した。
(2) 秋になって木の葉がはらはら散《ち》るのを見ていると、さびしい気持ちがする。

4　**ひらひら**　紙や布などの薄くて軽い物が空中で舞《ま》っているようす。
(1) ちょうちょうが花から花へと、ひらひら飛んで行く。
(2) オリンピック・スタジアムには、世界中の国旗《こっき》がひらひらとひるがえっている。

5　**もうもうと**　煙や土などが舞《ま》い上がるようす。
(1) 車が走った後、ほこりがもうもうと舞い上がった。
(2) ふろ場は湯気《ゆげ》でもうもうとしていた。

6　**ゆらゆら**　ゆっくりゆれ動くようす。
(1) 地震《じしん》で高い建物《たてもの》がゆらゆらゆれているのが見える。
(2) ゆらゆらと船にゆられて川下《かわくだ》りを楽しんだ。

練習問題〔六〕の(1)

〔　　〕の中から適当なものを選びなさい。

1　ろうそくの炎《ほのお》が風もないのに〔a たらたら　b はらはら　c ゆらゆら〕ゆれていた。

2　太郎ちゃん、ほかの人の迷惑《めいわく》になるから
a　ひらひら
b　ちょろちょろ
c　もうもう
しないで、静かに座っていなさい。

3　何か爆発《ばくはつ》でもしたのだろうか。大きな音がしたと思うと
a　もうもう
b　ひらひら
c　ちょろちょろ
とまっ黒な煙が上がった。

4　風が吹くたびに桜の花びらが
a　はらはら
b　ゆらゆら
c　たらたら
と散った。

5　ちょっと切っただけなのに、傷口《きずぐち》から血が
a　もうもう
b　ひらひら
c　たらたら
と流れ出て、なかなかとまらない。

物の動きを表す言い方(2)

1　**ぐらぐら**　物がゆれ動くようす。
(1)　歯《は》がぐらぐらして抜《ぬ》けそうだ。
(2)　昨日の地震《じしん》では家がぐらぐらゆれて、倒れるのではないかと思った。

2　**くるくる**　軽《かる》く早く物が回っているようす。
(1)　投《な》げたブーメランはくるくる回って、もとの所へ戻って来た。

(2) アイススケートの選手《せんしゅ》はあんなにくるくる回って、よく目が回らないものだ。

【注】

(1) 考え方がすぐ何回も変わるようすにも使われる。

うちの部長の意見はくるくる変わるので、どれが本当なのかわからない。

3 **ぐるぐる**　「ぐるぐる」は「くるくる」より、動きが大きく重くなる。

(1) オランダの田舎《いなか》で風車《ふうしゃ》が風にぐるぐる回っているのを見た。

(2) 遊園地《ゆうえんち》では、子供達がぐるぐる回るメリーゴーラウンドに乗って騒《さわ》いでいた。

4 **ころころ**　ボールなどの小さな丸い物がころがって行くようす。

(1) ボールがころころころがって、隣の家の庭に入ってしまった。

(2) えんぴつがころころころがって机の上から落ちた。

【注】

(1) 小さい子供や小犬が太ってかわいらしいようすにも使われる。

ころころ太った小犬。

5 **ごろごろ**　大きくて重いものが転《ころ》がっているようすやその音。

(1) 山の上から大きな石がごろごろ転《ころ》がって落ちて来た。

6 **ぽろぽろ**　涙《なみだ》や小さい粒状《つぶじょう》の物がこぼれ落ちるようす。

(1) 亡《な》くなった御主人の思い出話をする時、その人はいつも涙《なみだ》をぽろぽろ流した。

(2) ごはんをぽろぽろこぼさないように食べなさい。

【注】「ぼろぼろ」は「ぽろぽろ」に比べて、少し重く大きい粒状《つぶじょう》の物がこぼれ落ちるようすにも使われる。

(1)　真珠《しんじゅ》のネックレスの糸が切れ、真珠がぼろぼろと落ちた。

練習問題〔六〕の(2)

〔　〕の中から適当なものを選びなさい。

1　トラックのロープが切れて、丸《まる》太《た》が何本も〔a ぐらぐら　b ぐるぐる　c ごろごろ〕と道に落ちた。

2　村の水車は来る日も来る日も、〔a ころころ　b ぼろぼろ　c ぐるぐる〕回っていました。

3　古い家なので、そばをダンプカーが通るたびに〔a ぐらぐら　b ごろごろ　c くるくる〕します。

4　その小犬は飼《か》い主《ぬし》の姿《すがた》を見ると、〔a ごろごろ　b くるくる　c ころころ〕転《ころ》がりそうになって走って行った。

5　死んでしまった小鳥を見て、その男の子は〔a くるくる　b ころころ　c ぽろぽろ〕涙《なみだ》を流して泣いていた。

6　その子は掌《てのひら》の上でこまを｛a くるくる　b ぐらぐら　c ころころ｝回して見せた。

〔七〕物の出す音を表す言い方

A　機械《きかい》や乗り物や、道具《どうぐ》などが出す音

1　**がんがん**　やかましい大きい音が続いてしているようす。
(1) 隣が工場なので、昼間は機械の音ががんがんしてうるさい。
(2) うちのドアは鉄だから、たたくとがんがん部屋の中にひびく。

2　**ごうごう**　機械や乗り物が出す大きい音。
(1) 電車が鉄橋《てっきょう》の上をごうごう音をたてて走って行った。
(2) ナイアガラの滝《たき》はごうごうと流れ落ちていた。

3　**りんりん**　小さい鈴《すず》やベルなどが鳴る音。
(1) 電話がりんりん鳴っている。
(2) 風鈴《ふうりん》が風に吹かれて、りんりんと涼《すず》しそうな音をたてている。

B　物と物とがぶつかり合ったり、落ちたりして出す音

1　**がたがた**　硬《かた》い物と硬《かた》い物とがぶつかり合って出す音。

(2)
(1) だいぶ古い家だから、風が吹くと玄関《げんかん》の戸ががたがた鳴る。
(2) 朝早くからタンスやベッドをがたがた動かす音がして、とてもうるさい。

【注】
(1) 物の作り方が悪かったり、物がゆるんだようすにも使われる。
この椅子《いす》の脚《あし》は平《たい》らではないね。座るとがたがたする。

2 がたんと　物がぶつかったり、落ちたりして出す瞬間的《しゅんかんてき》な音。
(1) 怒《おこ》った彼はドアをがたんと勢《いきお》いよく閉《し》めて、部屋を出て行った。
(2) 隣の部屋でがたんと音がしたので行ってみると、猫《ねこ》が置物《おきもの》を倒して逃《に》げて行くところだった。

C 乾《かわ》いた物が触《ふ》れ合って出す音

1 かさかさ　落ち葉《ば》などの軽くて乾《かわ》いた物が触《ふ》れ合って出す音。
(1) 落ち葉《ば》が風に吹かれて、かさかさと音をたてている。

【注】
(1) 水気などがなく、乾《かわ》いて荒《あ》れているようすにも使われる。
寒さで手がかさかさになった。

2 がさがさ　水気などがない乾いた物が触《ふ》れ合って出す音。
(1) 台所の隅《すみ》で何かががさがさ音がしているが、ごきぶりでもいるんじゃないか。

3 かちかち　固《かた》い物がぶつかって出すあまり大きくない音。
(1) 寒さでふるえて、歯がかちかちした。

(2) 時計がかちかち音をたてている。

【注】「がちがち」は「かちかち」より強い音を表す。

4 **ばたばた** 鳥の翼《つばさ》や人の手足などが、連続して激《はげ》しくあたる音やそのようす。

(1) 白鳥の群《む》れはばたばたと音をたてて、次々に飛んで行った。

(2) 廊下《ろうか》をばたばたと走る足音で目が覚《さ》めた。

5 **ぱちぱち** 火花が散《ち》る音や手をたたく音などを表す。

(1) 空気が乾燥《かんそう》していると、服をぬぐ時、ぱちぱちと静電気《せいでんき》が起きる。

(2) バースデーケーキのろうそくの火が消えると、子供達はぱちぱちと拍手《はくしゅ》した。

【注】目を開いたり閉じたりするようすを表す場合にも使われる。

(1) 朝起きてカーテンを開けたらまぶしくて、目をぱちぱちさせた。

6 **ぺたぺた** 平《たい》らな物で何かを軽くたたいたり、平《たい》らな物が何かにあたったりする音。

(1) 毎朝六時ごろ子供がぺたぺた廊下《ろうか》を歩いてトイレに行く。

(2) お母さんは、いたずらをした子供のおしりをぺたぺたとたたいた。

D　物を破《やぶ》いたり、ひっかいたり、かんだりする音

1 **ばりばり** 勢《いきお》いよく物を破《やぶ》いたり、ひっかいたり、かんだりする音。

(1) うちの猫はソファーをばりばりひっかいている。

(2) 固いおせんべいをばりばりとかんで食べている。

2　**びりびり**　紙や布などを勢《いきお》いよく破《やぶ》く音。また、そのようす。

(1)　妹はその手紙を読むやいなや、びりびり破《やぶ》いて捨《す》ててしまった。

【注】　電気などの刺激《しげき》を受けて、しびれるように感じるようすにも使われる。

(1)　ぬれた電球《でんきゅう》をさわったら、びりびりときた。

練習問題〔七〕

「りんりん」「がさがさ」「ごうごう」「びりびり」「ばたばた」「がたんと」「がたがた」の中から適当なものを選んで（　）の中に入れなさい。

1　（　　）という大きな音とともに急に電車が止まった。

2　新聞社にはその事件についての問い合わせの電話が、一日中（　　）鳴りっぱなしだった。

3　昨夜の大雨で川の水が増《ふ》えて（　　）と音をたてて流れている。

4　その子はその書類《しょるい》が大切な物とも知らないで、（　　）破《やぶ》いてしまった。

5　隣の部屋で紙袋《かみぶくろ》を（　　）開けている音がする。

6　図書館では人の迷惑《めいわく》になるから、（　　）歩かないでください。

7　隣の家では朝早くから（　　）音をたてて大掃除《そうじ》をしている。

〔八〕　その他の物事の状態を表す言い方

1　**あかあかと〔赤々と・明々と〕**　何かが勢《いきお》いよく燃えたり、輝《かがや》いているようす。

(1) キャンプファイヤーの火が赤々と燃えている。
(2) 街にはクリスマスの飾《かざ》りの明かりが、明々と輝《かがや》いていた。

2 **かちかちに**　凍《こお》ったり、水分がなくなって、物が硬《かた》くなったようす。
(1) 冷蔵庫《れいぞう》に入れたおさしみが、かちかちに凍ってしまった。
(2) 日がたったおもちは、かちかちになって石のようだ。

【注】緊張《きんちょう》して体が固《かた》くなっているようすにも使われる。
(1) 入社試験の面接で、かちかちになってしまってうまく答えられなかった。

3 **ごつごつ**　角や凹凸《でこぼこ》があって滑《なめ》らかではなく、荒《あら》いようす。
(1) ごつごつした岩山を登るのは、スリルがあっておもしろい。
(2) あのごつごつした大きな木は、樹齢《じゅれい》五百年を越《こ》えるそうだ。

4 **ごろごろ**　小さくない物が一面にたくさん転《ころ》がっているようす。
(1) 工事現場には、大きな石がごろごろしていた。
(2) 上流から洪水《こうずい》で流されて来た材木が、河原《かわら》にごろごろ転《ころ》がっていた。

5 **ぴかぴか**　物が輝《かがや》いているようす。また、よく磨《みが》かれて物が光っているようす。
(1) 遠くの方でぴかぴか光っているのは、夜の海を照《て》らす灯台《とうだい》の明かりです。
(2) 靴をぴかぴかに磨《みが》いても、満員電車に乗ると一度で汚《きたな》くなる。

6 **ひっそり**　静かで人のいないようす。

(1) 隣の家は朝からひっそりしているが、みんなで外出したのだろうか。
(2) 昼間はにぎやかだった大通りも、夜になるとひっそり静まりかえっている。

7 **ぷかぷか** 軽い物が水に浮《う》いているようす。
(1) ジュースの空《あ》き缶《かん》が、川にぷかぷか浮《う》いていた。
(2) やしの実は遠い南の島からぷかぷかと流れて、日本までやって来る。

8 **ふわふわ** 軽い物が浮《う》かんでいるようす。「ぽっかり」より、動いているようすが伺《うかが》える。また、物が軽く柔《やわ》らかい状態。
(1) 白い大きい雲が、ふわふわ浮《う》かんで流れて行く。
(2) パラシュートがふわふわゆっくり降《お》りて来る。

9 **ぽっかり** 何か軽い物が浮《う》かんでいるようす。この場合、浮《う》かんでいる物の数は少ない。
(1) 空に白い雲が、ぽっかり浮《う》かんでいる。
(2) 青い海の上に、白いヨットがぽっかり浮《う》かんでいる。

練習問題〔八〕

「あかあかと」「かちかちに」「ごつごつ」「ごろごろ」「ぴかぴか」「ひっそり」「ぷかぷか」「ふわふわ」「ぽっかり」の中から適当なものを選んで（　）の中に入れなさい。

1 七色に輝《かがや》いたシャボン玉が（　　）遠くまで飛んで行った。

2　山道は景色がいいけれど、道が整備《せいび》されていないので、（　　）していて歩きにくい。
3　山肌《やまはだ》の火が夜空を（　　）染《そ》める京都の大文字焼《だいもんじや》きは、有名な夏の行事《ぎょうじ》だ。
4　この道は台風で倒れた木が（　　）していて、車は走れません。
5　友達の家へ行ったが（　　）して、留守《るす》のようだった。
6　この湖は公害《こうがい》のため水が汚《よご》れ、魚がたくさん死んで（　　）浮《う》いている。
7　秋の空に（　　）浮《う》かんでいる雲は、白いうさぎが飛んでいるようだった。
8　泥《どろ》だらけだった車を久《ひさ》しぶりに磨《みが》いたら、新車のように（　　）になった。
9　アラスカの冬は氷の下の湖から釣《つ》り上げた魚が、たちまち（　　）凍《こお》るほど寒いそうだ。
10　夏休みになると、大学のキャンパスは（　　）静かだ。

〔九〕　天候を表す言い方

A　太陽の照《て》るようす

1　**かんかん**　太陽が強く照《て》って暑いようす。
(1)　海はかんかんとした夏の日をうけて輝《かがや》いていた。
(2)　真夏の太陽がかんかん照《て》りつけていた。

2　**ぎらぎら**　太陽が強く照《て》って輝《かがや》くようす。
(1)　夕日がぎらぎらと輝《かがや》きながら沈《しず》んでいく。
【注】　何かが強く輝《かがや》くようすにも使われる。

(1)　ピラミッドの中から、ぎらぎら輝《かがや》く金色の首飾《くびかざ》りが出てきた。

B　**雨の降るようす**

1　**ざあざあ**　大雨が降り続いたり、勢《いきお》いよく水が流れているようす。

(1)　台風が近づくとともに、雨がざあざあ降り出した。

(2)　日光《にっこう》の華厳《けごん》の滝《たき》の水はざあざあ流れ落ちていた。

2　**しとしと**　雨が細《こま》かく静かに降り続くようす。

(1)　あじさいの花は、六月、しとしと雨の降るころに咲く。

(2)　毎日、雨がしとしとと降り続いて、洗濯物《せんたくもの》が乾《かわ》かない。

3　**ぱらぱら**　雨が少し降っているようす。

(1)　黒い雲が出てきたと思ったら、雨がぱらぱらと降ってきた。

(2)　雨はぱらぱら降っているが、空は明るいから傘《かさ》はいらないだろう。

4　**ぽつぽつ**　雨の降り始めや、水などが間《ま》をおいて落ちるようす。

(1)　雨がぽつぽつ降ってきた。

(2)　屋根の雪がとけて、ぽつぽつしずくが落ちている。

C　**雪の降るようす**

1　**しんしんと**　雪が音もなく降り続くようす。

(1)　銀閣寺《ぎんかくじ》の庭園《ていえん》に雪がしんしんと降っている。

【注】

(1)　寒さが厳《きび》しくて体が凍《こお》りそうなようすにも使われる。

今夜は大雪で、寒さがしんしんと身にこたえる。

2　**ちらちら**　雪や花びらなど、小さくて軽い物が落ちるようす。

(1)　いつの間にか、雪がちらちら降ってきた。

(2)　桜の花もちらちらと散り始めたから、花見に行くのなら早く行った方がいいですよ。

D　湿《しつ》度《ど》

1　**からっと**　湿《しつ》度《ど》が少なくて乾《かわ》いているようす。

(1)　北海道の六月は梅雨《つゆ》がないので、からっとしてとても過ごしやすい。

(2)　久し振りにからっと晴れた好天に恵まれた。

2　**じめじめ**　湿《しつ》度《ど》が多くて、気持ちが悪いようす。

(1)　梅雨《つゆ》はじめじめした天気が続いて嫌《いや》だ。

(2)　高いビルに囲《かこ》まれたこのアパートは、じめじめしていて体に悪い。

3　**むしむし**　湿《しつ》度《ど》が高くてむし暑いようす。

(1)　きのうの晩は熱帯夜《ねったいや》でむしむしして、とても寝苦《ねぐる》しかった。

(2)　日本のむしむしする夏と違い、ハワイの夏は湿《しつ》度《ど》が低くて気持ちがいい。

E　気　温

1　**ぽかぽか**　暖かいようす。

(1)　もう春ですね。外もぽかぽか暖かくなってきました。

【注】

(1)　体が暖かくなるようすにも使われる。
温泉《おんせん》に入ると、体中ぽかぽかして気持ちがいいですね。

F　風の吹くようす

1　**そよそよ**　静かに風が吹いて、気持ちがいいようす。

(1)　春風がそよそよ吹くころになりました。

(2)　気持ちのいい風がそよそよと窓から入ってくる。

2　**ぴゅうぴゅう**　冷たい風が吹くようす。

(1)　山から冷たい北風が、ぴゅうぴゅう吹いてきた。

(2)　雨が降っていて、風もぴゅうぴゅう吹いていた。

【注】「ぴゅうぴゅう」は「ぴゅうぴゅう」を強めた言い方。

G　雷《かみなり》の鳴《な》る音

1　**ごろごろ**　雷《かみなり》が響《ひび》くように鳴《な》る音。

(1)　遠くで雷《かみなり》がごろごろ鳴《な》っている。

H　星の輝《かがや》くようす

1　**きらきら**　星が美しく光り輝《かがや》くようす。

(1)　夜空に星がきらきら輝《かがや》いている。

【注】物が美しく輝《かがや》くようすにも使われる。

(1)　月の光が夜の海の上にきらきら光っている。

練習問題〔九〕

A　｛　｝の中から適当なものを選びなさい。

1　昨夜から雨が｛a ざあざあ　b しとしと　c ぱらぱら｝降っているが、洪水《こうずい》にならなければいいのだが……。

2　雨が｛a しんしん　b しとしと　c ぽつぽつ｝降ってきたわ。急いでベランダの洗濯物《せんたくもの》を入れなくっちゃ。

3　梅雨《つゆ》になると｛a しとしと　b ちらちら　c しんしん｝雨が降り、家中かびがはえるのではないかと思うほどです。

4 a ちらちら / b じめじめ / c ぱらぱら　と雨が降ったと思ったら、すぐやんでしまった。

B 上の文と下の文が一つになるように、線で結びなさい。

1 その少女の目は星のように
2 この家は古いので、すきま風が
3 八月の太陽が
4 一カ月留守《るす》にしていたので、
5 三月に入り
6 朝から寒いと思ったら、雪が
7 雷《かみなり》が光ったと思うと、
8 高温《こうおん》多《た》湿《しつ》の日本の夏は、

a かんかん照《て》りつける。
b ごろごろとすごい音がした。
c 家中じめじめして気持ちが悪い。
d きらきら輝《かがや》いていた。
e ちらちら降ってきた。
f ぴゅうぴゅう吹き込む。
g ぽかぽかと暖かくなりました。
h むしむししてとても過ごしにくい。

第六章　決まった言い方を伴う副詞

〔一〕否定を伴う言い方(1)

1　**さっぱり**　すっかり、全然、全く、少しも～ない、の意味。

(1) この辺は変わってしまったので、さっぱりわかりません。

(2) あの本はどんな内容《ないよう》だったのか、さっぱり覚えていません。

2　**ぜったい〔絶対〕**　どんな事があっても、そういう事は～ないという、強い気持ちを表す。

(1) どんなに生活に困っても、悪い事は絶対しない。

(2) 首相だからといって、権力を乱用《らんよう》する事は絶対に許されない。

3　**ついに**　ある行為《こうい》や状態が、最後まで実現《じつげん》しないようす。最後まで～なかった、また、一度も～なかった、の意味で使われる。

(1) エリザベス一世《いっせい》は何度もプロポーズされたが、ついに結婚しなかった。

(2) パーティーに来ると言っていた本田さんは、何の連絡《れんらく》もなくついに来なかった。

4　**どう**　問題にするほどでもない、小さい事。

(1) 足のけがといっても歩けますから、どうってことはないです。
(2) 子供が車にぶつかったが、どうということもなくて安心した。

5 **なかなか** 簡単《かんたん》に物事がいかない（進まない）ようす。
(1) 寒い朝は目がさめても、ふとんからなかなか出られない。
(2) 最近の若い人は、政治になかなか関心を持とうとしない。

6 **はっきり** 病気や天気などの、良くない状態が続くようす。
(1) この四、五日、雨が降ったりやんだり、はっきりしない天気ですね。
(2) 彼の病気の原因ははっきりしない。

練習問題〔一〕の(1)

（　）の中に、「さっぱり」「絶対」「ついに」「どう」「なかなか」「はっきり」の中から、適当なものを選んで入れなさい。

1 忙《いそが》しいヨーロッパ旅行だったので、（　　　）ルーブル美術館へ行けずに帰国した。
2 風邪《かぜ》をひいたがいつまでたっても（　　　）しない。
3 私は心配事があると（　　　）眠れず、寝たと思ったら朝になっている。
4 田中さんはお金持ちだから、一万円ぐらいなくしても（　　　）ってことない顔をしている。
5 このごろの天気は（　　　）しないので、体の調子が悪い。
6 勉強したのに、今日の試験は（　　　）できなかった。零点《れいてん》かもしれない。

7　私の母は飛行機が嫌《きら》いだから、（　　　）乗らないと言っている。

8　宿題の作文を半分ぐらい書いたが、むずかしいので（　　　）完成できないでいる。

9　あのお年寄りはとても元気で、千メートルぐらいの山は（　　　）ってこともなく登ってしまいます。

10　危険物《きけんぶつ》がありますので、ここでは（　　　）たばこを吸《す》わないでください。

否定を伴う言い方(2)

1　**しいて**　むずかしい事や嫌《いや》な事を、無理に行うようす。

(1)　あの子がどうしても大学へ行きたくないと言うのなら、しいて勧《すす》めてもむだでしょう。

(2)　しいて国交《こっこう》を回復《かいふく》しようとしても、両国には問題が多すぎる。

【注】　現在は形容動詞の連用形「無理に」が多く使われる。

2　**ちっとも**　少しも、全然、全く〜ない、の意味で、くだけた会話に使われる。

(1)　田中さんが結婚していたなんて、ちっとも知らなかった。

(2)　毎日ダイエットのために減食《げんしょく》しているのに、ちっともやせない。

3　**とても**　どうしても無理だという気持ち。

(1)　こんなむずかしい問題は、私にはとてもできません。

(2)　こんな厚い本は、一日ではとても読むことはできません。

4　**どう**　他に方法はなく、あきらめた状態。

(1) いくら進学したくても、こんな成績ではどうしようもない。
(2) 遊びたくても、お金がなくてはどうすることもできない。

5 **べつに〔別に〕** 他に、それ以外に、特別のことや意味はない。
(1) 別に酒は嫌《きら》いなわけではありませんが、あまり飲みません。
(2) この問題については、別にむずかしい意見は出ませんでした。

6 **ろくに** 良く、十分に～ない、満足に～ない、の意味で、軽蔑《けいべつ》の気持ちを含《ふく》むことが多い。
(1) このごろの学生は、ろくに勉強もしないで遊んでばかりいる。
(2) 日本人の中には、忙《いそが》しいと言ってろくに休みも取らないで働く人が多い。

練習問題〔一〕の(2)

（　）の中に、「しいて」「ちっとも」「とても」「どう」「別に」の中から、適当なものを選んで入れなさい。

1 東京は土地が高いので、サラリーマンには家は（　　　　）建てられません。
2 昨日帰る予定だったが、台風だったので（　　　　）することもできなかった。
3 たいしたけがではないので、（　　　　）病院へ行くほどではないです。
4 母は私に、嫌《きら》いな物は（　　　　）食べさせようとはしなかった。
5 新幹線《しんかんせん》はスピード・アップされても、騒音《そうおん》の問題は（　　　　）解決されていない。
6 私は車の運転はできても、故障《こしょう》すると（　　　　）することもできない。

7　嫌《きら》いなスポーツを（　　）練習させても、上手にならない。
8　どんなに勉強しても、私はあの大学には（　　）入れそうもない。
9　田中さんは毎日残業《ざんぎょう》しているが、（　　）急ぐ仕事があるのではない。
10　静かにするようにと言っても、子供達は（　　）静かにしない。

否定を伴う言い方(3)

1　**あまり**　それほど～ではない、の意味。
(1)　この本はあまり高くない。
(2)　学生時代はあまり勉強しなかった。

2　**いちがいに〔一概に〕**　一般的に、全てそうだと決められない場合。
(1)　テレビは、一概に悪い影響を与《あた》えるとは言えない。
(2)　日本人は閉鎖的《へいさてき》な国民だと、一概には決められない。

3　**けっして〔決して〕**　絶対～ない、必ず～ない、の意味。
(1)　戦争の恐ろしさは決して忘れられない。
(2)　今月の決算《けっさん》は、決して赤字にならないはずだ。

4　**まさか**　反対に、逆《ぎゃく》に、の意味で、期待に反したことが起こった場合などに使われる。
(1)　あの試合に、まさか我々のチームが優勝《ゆうしょう》するとは思わなかった。
(2)　この科学が進歩している時代に、まさかこう何度も飛行機事故があるとは信じられない。

5　**もう**　これ以上〜ない、今後〜行われない、の意味。

(1)　もう二度と、あんな所へは行かない。

(2)　今からタクシーで行っても、もう間に合わないだろう。

練習問題〔一〕の(3)

（　）の中に、「あまり」「一概に」「決して」「まさか」「もう」の中から、適当なものを選んで入れなさい。

1　昨日はおとといに比べて、（　　）寒くなかった。

2　日米貿易《ぼうえき》摩擦《まさつ》は、日本側だけが悪いとは（　　）は言えないだろう。

3　（　　）三原山が突然噴火《ふんか》するとは思わなかった。

4　私はウイスキーは（　　）好きではありません。

5　政治家は皆うそつきだとは（　　）は言えない。

6　彼ほど才能のあるピアニストは、（　　）二度と現れないだろう。

7　あんなに元気だった山下さんが、（　　）急死するなんて思わなかった。

8　日本が金持ちになったとは、（　　）は言えない。

9　村山さんの病気は（　　）手《て》遅《おく》れだそうだ。

10　戦争が終わった日のことを、私は（　　）忘れないだろう。

否定を伴う言い方(4)

1　**あえて**　無理に、特に、の意味。
⑴　あなたがそこまで決心したなら、あえて反対はしないつもりです。
⑵　あの人の政治生命《せいめい》はこれで終わりだと言っても、あえて過言《かごん》ではないだろう。

2　**あまり**　大変〜で　〜できない、の意味。この場合、〜ので（〜くて）の文を伴う。
⑴　あまり暑くて、テニスの練習ができない。
⑵　あまり高いので、とても買えない。

3　**かつて**　これまでになかったという意味。否定を強調する。話し言葉では「かって」が多く使われる。
⑴　かつてなかった大事件だ。
⑵　チェルノブイリ原子力発電所の事故は、かつてないほどの衝撃《しょうげき》を人々に与《あた》えた。

4　**かならずしも〔必ずしも〕**　確実《かくじつ》にそうだ、というわけではない場合。
⑴　次の宇宙《うちゅう》ロケットの実験《じっけん》が、必ずしも成功するとは限《かぎ》らない。
⑵　森林開発《しんりんかいはつ》が、必ずしも自然破壊《しぜんはかい》につながるとは言えない。

5　**まだ**　これまでに何かが行われていない状態。
⑴　私はヨーロッパへは、まだ行ったことがない。
⑵　その事故での死者の数は、まだわからない。

6 **ゆめにも〔夢にも〕** 決して～しない、全然～ない、の意味。「思う」や「考える」などの動詞を伴うことが多い。

(1) あんな恐ろしい事が起こるとは、夢にも思わなかった。

(2) その一年後に世界大戦が始まるなど、誰も夢にも考えなかったに違いない。

練習問題〔一〕の(4)

｛　｝の中から適当なものを選びなさい。

1 いい大学を卒業した者が｛a あえて　b 必ずしも　c 夢にも｝成功するとは限らない。

2 その夜は風が強かったので、｛a あまり　b かつて　c まだ｝ないほどの大きい火事になった。

3 一年浪人《ろうにん》しても、｛a あえて　b まだ　c 必ずしも｝有名な大学に入れるとは言えない。

4 あの元気な人が、こんなに若いうちに死ぬとは｛a 必ずしも　b まだ　c 夢にも｝思わなかった。

5　その事件についての詳《くわ》しいニュースは、{a あえて　b まだ　c 夢にも}入ってきていない。

6　あの強い台風は{a あえて　b かつて　c 必ずしも}ないほどの被害《ひがい》をもたらした。

7　部長がそんなに自信を持っているなら、この計画に私は{a あえて　b かつて　c 夢にも}反対しないつもりだ。

8　子供の熱が{a あまり　b かつて　c 必ずしも}高いので、母親は一晩中眠れなかった。

9　会議の内容の報告は{a かつて　b まだ　c 夢にも}発表されていない。

10　こんなに早く人間が月に行けるようになるとは、{a あえて　b 必ずしも　c 夢にも}思わなかった。

否定を伴う言い方(5)

1　**すこし**も〔**少しも**〕　全然、ちっとも～ない、の意味。

(1) 私はそのような問題には、少しも興味がない。

(2) 日本の男性の中には、家庭の事など少しも考えない人が多い。

2　**そう**　あまり、たいして～でない、の意味。

(1) ここから四谷駅まで、そう遠くはありません。

(2) まだ、そう疲れていませんので、もう一度テニスの練習をしませんか。

3　**ぜんぜん**〔**全然**〕　全く～でない、の意味。この場合、否定の形だけでなく、否定的表現、例えば「全然だめだ」のような言い方もある。

(1) ひらがなは読めますが、漢字は全然わかりません。

(2) 期末テストは、全然だめだった。

【注】 最近では、ただ「非常に」「とても」の意味で使われる場合もある。

(1) 新しいあの歌手のレコードは、全然すてきですね。

4　**たいして**　特に言うほど～でない、あるいは、それほど～でない、の意味。

(1) 松本さんはたいして仕事をしないのに、すぐ疲れたと言う。

(2) この本は、たいしてむずかしくはない。

5　**めったに**　そのことが、たまにしか行われない場合に用いる。

(1) あの先生は、お酒はめったに飲みません。

(2) 円高になっても、輸入品の値段が下がることはめったにない。

6　**ちょっと**　ある物事や判断《はんだん》が、簡単《かんたん》には成立《せいりつ》しないようす。

(1) 佐藤さんがそんなことを言うなんて、ちょっと信じられませんね。

(2) サラリーマンをやめて自分で会社を作るようなことは、私にはちょっとできません。

7　**いっこう〔一向〕**　全く、少しも～でない、の意味。「いくら叱《しか》っても、一向平気な顔をしている」のように、否定を伴わない場合もある。

(1) その事については、一向に存じません。

(2) 政府は難民問題について、一向関心を示さない。

8　**どうも**　よくわからない、はっきりしない場合に使う。否定表現が次に続く文だけではなく、この場合「どうもおかしい」「どうも変だ」のような言い方も多く使われる。

(1) 水道の水の出がどうも良くないと思ったら、パイプが詰《つ》まっていた。

(2) 最近、体の調子がどうも変だ。

練習問題〔一〕の(5)

〔　〕の中から適当なものを選びなさい。

1 あの映画は有名な監督《かんとく》の作品なので期待《きたい》していたが、
- a かつて
- b そう
- c なかなか
- d めったに

おもしろくなかった。

2 ふだん
- a 一体
- b ちょっと
- c どう
- d めったに

旅行しない中田さんが、このごろあちこちへよく行く。

3 長い間英語を勉強しているが、
- a 少しも
- b ちょっと
- c ついに
- d めったに

話せるようにならない。

4 いくら手紙を出しても
- a 一向
- b そう
- c たいして
- d ちょっと

返事がないが、体の具合《ぐあい》でも悪いのだろうか。

5 この車は外車のわりには
- a あえて
- b たいして
- c ちょっと
- d めったに

高くはない。

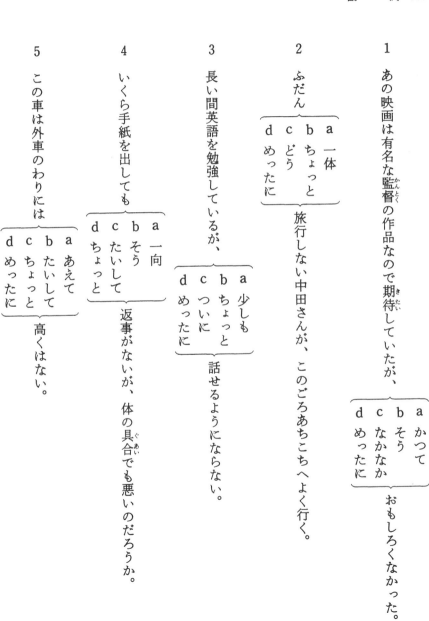

6 首相は選挙《せんきょ》で公約《こうやく》したことを、｛a 一体　b 全然　c どうして　d 夢にも｝守ろうとしない。

7 いつもあんなに慎重《しんちょう》な人が事故を起こすなんて、｛a そう　b たいして　c ちょっと　d 別に｝考えられない。

8 この辺は冬でも暖かくて、｛a あえて　b かつて　c ろくに　d めったに｝雪は降りません。

9 靴《くつ》の修理《しゅうり》が終わるまで｛a 一概に　b 一向に　c しいて　d たいして｝時間はかかりませんから、そこでお待ちください。

10 その息子は母親の言うことに｛a 一向に　b そう　c どう　d ちょっと｝耳をかそうとしない。

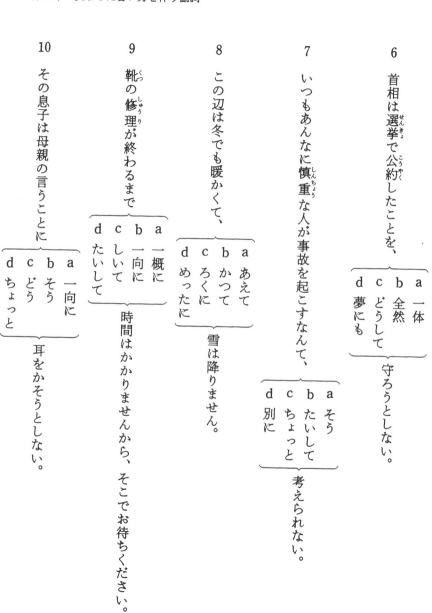

11 私は人のうわさなど{a 必ずしも　b 少しも　c まさか　d めったに}気にしない性質ですから、何と言われても平気です。

12 初めてアメリカへ行った時、英語が{a あえて　b かつて　c しいて　d 全然}通《つう》じなくて困ったものでした。

13 こんな珍《めずら》しい切手は、この辺のデパートでは{a あえて　b ちょっと　c どう　d 夢にも}手に入らない。

14 小学生の算数《さんすう》の問題なんて{a あえて　b かつて　c そう　d めったに}むずかしくないと思ったが、解くまでにけっこう時間がかかった。

〔二〕

「か」を伴って、疑問、反対の結論を導き出す言い方

1 **いったい〔一体〕** 全く理解できないという気持ち、および、相手を非難《ひなん》する気持ちを表す。

(1) 夜中になっても、帰って来ない。あの子は一体何をしているんだろう(か)。
(2) 会う約束をしたのに来ないなんて、あの人は一体どんなつもりなのだろう(か)。

【注】 強調する場合「一体全体」が使われる。

2 **どう** 方法などがわからない場合や相手のようすがわからない場合。

(1) A「雨が降ってきましたねえ。」
B「かさを持って来なかった。どうしようか。」
(2) いつも約束の時間を守る山田さんなのに、今日はどうしたのだろう(か)。

3 **どうして** 方法や原因などが、よくわからない場合。

(1) こんな簡単《かんたん》な問題なのに、彼はどうしてわからないのだろう(か)。
(2) 機械のない時代に、こんな大きな石をどうして山の上まで運《はこ》べたのだろうか。

4 **どれほど** ある物事に対して、期待《きたい》するほどではないと思う気持ちや疑問がある場合。

(1) こんな薬を飲んで、癌《がん》にどれほどの効果があるのだろうか。
(2) 木村さんがどれほど歌が上手《じょうず》か知らないが、プロになれるとは思わない。

5 **なぜ** どうしてか、その理由がわからない。「どうして」と同じ意味で使われるが、「どうして」より固《かた》い感じがする。

(1) 貿易《ぼうえき》問題で、日本だけがなぜ批判《ひはん》されるのか。輸入国には全く問題はないのだろうか。
(2) 遠い所にいる人の声が、電話でなぜ聞こえるのか。よく考えてみると不思議《ふしぎ》だ。

6 **はたして** 結果が、思った通りになるかどうかわからない場合。
(1) 彼は試合に勝つと思うが、はたしてどうなるか少し心配だ。
(2) 約束の時間はもう一時間も過ぎた。はたして彼女は来るのだろうか。

練習問題〔二〕

｛　｝の中から適当なものを選びなさい。

1 誰でも戦争に反対しているのに、｛a なぜ　b 一体　c どう｝戦争は起こるのだろうか。

2 自信を持って描《か》いた絵だが、展覧会《てんらんかい》に｛a なぜ　b はたして　c どれほど｝入選《にゅうせん》するかどうか、知らせが待ち遠しい。

3 パンダは｛a はたして　b どれほど　c どうして｝あんなに人気があるのだろう。

4 いつも良くできるあなたが、こんなに悪い成績とは｛a どれほど　b 一体　c なぜ｝どうしたのですか。

5　現代の科学で三原山の噴火《ふんか》が
　{a なぜ　b どう　c どれほど}
予知《よち》できなかったのか、それが問題になっている。

6　いつも元気なジムさんが、今日は
　{a 一体　b どう　c なぜ}
したのだろうか。元気がない。

7　入学試験はうまくいったので、パスすると思うが、
　{a どれほど　b なぜ　c はたして}
合格するかどうか発表を見るまで心配だ。

8　軍事費《ぐんじひ》ばかりを増やしているこの国は、
　{a 一体　b どう　c なぜ}
何を考えているのだろうか。

9　{a なぜ　b どう　c どれほど}
したら、もっと日本語が上手《じょうず》になるのか、先生にお聞きしましょう。

10　中国語を勉強したといっても一年ぐらいだから、中国へ行って
　{a はたして　b なぜ　c どうして}
通用《つうよう》するだ

ろうか。たぶん簡単《かんたん》な挨拶《あいさつ》ぐらいしか話せないだろう。

〔三〕

仮定形を伴う言い方

1 **まんいち（万一）** もしも何かが起こったら、の意味。「万が一」も使われる。

(1) 万一試験に失敗しても、また来年受験するつもりだ。

(2) 万一火災《かさい》が起こったら、この書類だけは持ち出してください。

2 **たとえ** もし〜ても、仮に、の意味。

(1) 大好きな彼と一緒なら、たとえ死んでもかまいません。

(2) たとえどんなに高くても、私はあのバイオリンを手に入れたい。

3 **もし** 「万一」、仮に、の意味で、何かを仮定する。「もしも」は「もし」を強めた言い方。

(1) もし明日雨だったら、登山《とざん》は中止しよう。

(2) もし投票《とうひょう》の結果が過半数《かはんすう》に達しなかったら、もう一度投票《とうひょう》が行われる。

4 **もしかすると（もしかしたら）** 「もしかしたら〜かも知れない」の形を取り、起こりうる可能性がある事について使う。

(1) あの人は、もしかすると来ないかも知れない。

(2) もしかしたら自民党は勝つかも知れない。

【注】 「もしや〜ではないか」「もしや〜かも知れない」は「もしかすると〜かも知れない」の固《かた》い感じの言い方。

(1) もしやあの子は一人で、危ない所へ行ったのではないかと気がかりだ。

5　**いったん**　もし何かあったら、の意味。および、一度、の意味。

(1) この状態では、いったん事故が起こったら大変な事になる。

(2) いったん決心したら、（決心した事は）必ず実行《じっこう》すべきだ。

〔四〕「～らしい」「～よう」などの言葉を伴う言い方

1　**いまにも〔今にも〕**　まさに、今すぐにも～しそう、の意味。

(1) 黒い雲が出て来て、雨が今にも降りそうだ。

(2) 高く積み上げた本が、今にも倒れそうだ。

2　**いかにも**　本当に、どう見ても、そのように見えたり、思えたりするようす。

(1) 青木氏は、いかにも学者らしい考え方をする。

(2) 田中さんはいかにも大病の後らしい、弱々しい声を出していた。

3　**さも**　実際には違うのに、そのように振る舞うこと。いかにも、実に、全く、の意味。

(1) 田中さんは何も知らないのに、さも知っているように話している。

(2) 山本君は宿題を友達に手伝ってもらったのに、さも一人でやったような顔をしている。

4　**ちょうど**　他の事物のようすと、よく似ていることを表す。～とよく似ている、の意味。

(1) 息子さんの顔は、ちょうどお父さんの若いころのようですね。

(2) イタリアの国の形は、ちょうど長靴《ながぐつ》のようだと言われている。

5 **まるで** ～のよう、ちょうどそのようだ、の意味。例をあげて、同じような状態を表す。

(1) 美しくて、まるで絵のような風景です。

(2) きれいな着物を着た隣のお嬢さんは、まるで舞子《まいこ》さんのようだ。

練習問題〔三〕〔四〕

（　）の中から適当なものを選びなさい。

1 今の若者のファッションは（a いったん　b さも　c ちょうど　d もし）三十年前のファッションにそっくりだ。

2 浅草の仲《なか》見《み》世《せ》は（a いかにも　b たとえ　c まるで　d 万一）東京の下町らしい。

3 その子は先生に注意をされて（a いかにも　b 今にも　c さも　d ちょうど）泣き出しそうだった。

4　有名なあの会社に就職《しゅうしょく》できるなんて、

a さも
b たとえ
c まるで
d 万一

夢のようだ。

5　たいして仕事もしていないくせに、

a いったん
b 今にも
c さも
d もし

忙《いそが》しそうにしている。

6　現在の世界情勢《じょうせい》は、

a 今にも
b さも
c たとえ
d ちょうど

第二次世界大戦勃発《ぼっぱつ》のころに似《に》ている。

7　その時、鈴木さんは激《はげ》しい心臓発作《しんぞうほっさ》で

a いかにも
b いったん
c 今にも
d さも

死にそうだった。

8　その銀行強盗事件《ごうとうじけん》は

a 今にも
b さも
c まるで
d 万一

テレビのドラマのようだった。

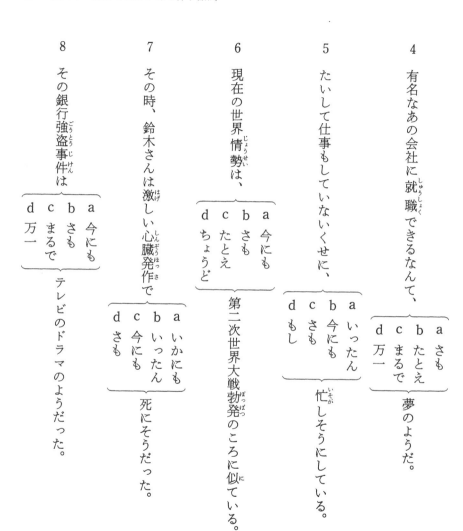

9　木村さんは夏休みに行った海外旅行の事を、｛a さも　b たとえ　c ちょうど　d もしかすると｝楽しそうに話しているけれど、実際は大変だったらしい。

10　合格通知《ごうかくつうち》を受け取った斉藤さんは、｛a いかにも　b 今にも　c さも　d 万一｝うれしそうな顔をしていた。

〔五〕 希望や願いを伴う言い方

1　**ぜひ**　ある事を実現しよう、また実現したいと強く望む気持ちを表す。どうしても、の意味。

(1) 若いうちに、ぜひアメリカの大学に留学してみたい。

(2) 私の家にも、ぜひ遊びに来てください。

2　**どうか**　人に何かを頼む時に、気持ちを強調する場合。

(1) どうか私をこの会社に、採用《さいよう》してください。

(2) 借りたお金は必ず月末にお返ししますから、どうかそれまでお待ちください。

3　**どうぞ**　人に何かを勧《すす》めたり、お願いをしたりする時の言葉の初めにつけて強調する場合。

(1) 何もございませんが、どうぞ（召《め》し上《あ》がってください）。

(2) 北海道出身《しゅっしん》の木村です。どうぞよろしくお願いいたします。

【注】「どうか」は相手に無理にお願いする感じが強いのに対し、「どうぞ」は相手に勧《すす》めるが、あくまでもどうするかは相手に任《まか》せる気持ちが強い。

4 **なんとか**　困難な事だが、何か方法や手段《しゅだん》を考えて、～したい（～しよう）という、強い希望や意志を表す。

(1) 無理でしょうが、なんとか今日中にテレビを直してください。

(2) 息子をなんとか一流の大学に入れたい。

〔六〕

完了を伴う言い方

1 **とっくに**　ずっと前に、何かが終わっているという意味。文末に過去形を伴わないこともある。例えば「そのことなら、みんなとっくに知っている」。改まった言い方には「すでに」が多く使われる。

(1) 陳さんはまだ日本にいるのかと思っていたら、とっくに帰国したそうだ。

(2) 山本さんはとっくにレポートが書けたと言うのに、私はまだ書けなくて苦労している。

2 **もう**　すでに動作が終わった状態。

(1) 今日の宿題は、もう全部してしまった。

(2) 文部省《もんぶしょう》の研修会《けんしゅうかい》は、もう終了《しゅうりょう》しました。

【注】
(1) この形の否定表現は、「まだ」に現在形の否定形を伴ったものになる。
今日の宿題は、まだ全部していません。

練習問題〔五〕〔六〕

〔　〕の中から適当なものを選びなさい。

1 次の方、〔a どうぞ　b とっくに　c なんとか　d まだ〕診《しん》察《さつ》室《しつ》にお入りください。

2 来月十日のコンサートの前売り券は、〔a ぜひ　b どうか　c とっくに　d まだ〕全部売り切れました。

3 先生のおっしゃる通り何でもいたしますから、この子の病気を〔a どうか　b とっくに　c まだ　d もう〕直してください。

4　その問題は｛a ぜひ　b どうか　c とっくに　d なんとか｝解決しているはずだ。

5　これはあなたの研究に関係のある本だから、｛a ぜひ　b とっくに　c まだ　d もう｝読んでおきなさい。

6　円高で苦しいが｛a ぜひ　b どうぞ　c とっくに　d なんとか｝してこの苦境《くきょう》を乗り越えたい。

7　この本はもう読んでしまいましたから、｛a どうも　b どうぞ　c とっくに　d なんとか｝ごゆっくりお読みください。

8　一生懸命《いっしょうけんめい》にやりますから、｛a きっと　b どうか　c とっくに　d もう｝私にこの仕事をやらせてください。

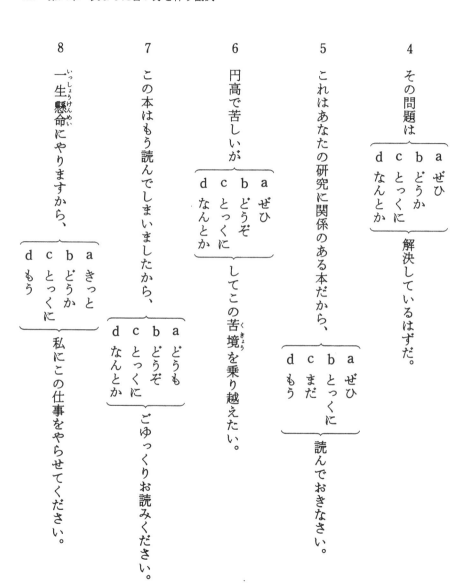

9　佐藤教授にアメリカ経済の動向《どうこう》について、{a ぜひ　b どうぞ　c とっくに　d もう}講演《こうえん》していただきたい。

10　締《し》め切りまであと一カ月もあるというのに、あなたは①{a ぜひ　b どうか　c まだ　d もう}論文を書き上げたんですか。私なんか②{a どうぞ　b とっくに　c まだ　d もう}半分もできていません。

11　日本で英語を教えたいというブラウンさんの希望を、{a どうか　b どうぞ　c とっくに　d なんとか}かなえてあげたい。

12　山田さんは{a どうか　b どうぞ　c とっくに　d まだ}家に帰りましたよ。

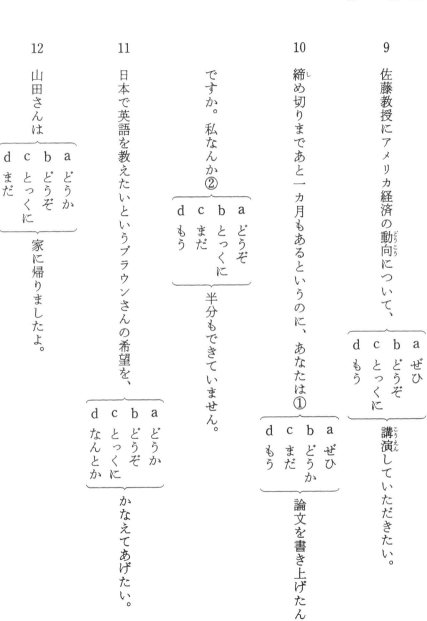

〔七〕その他の言い方

1　**あいにく**　運が悪く、残念ながらの、意味。
(1)　友人のアパートを訪ねたが、あいにく留守《るす》だった。
(2)　お客「これより大きいサイズはありませんか。」
店員「そのサイズは、あいにく売り切れでございます。」

2　**あまり（あんまり）**　物の程度が普通に考えられている以上の場合、「～ので」を伴う。「あんまり」は、話し言葉で使われる。
(1)　そのアパートの家賃《やちん》があまり高かったので、驚《おどろ》いてしまった。
(2)　A氏の発言《はつげん》はあまり一方的だったので、相手国の代表団《だいひょうだん》は席を立って出て行った。

3　**いながらにして〔居ながらにして〕**　その場所を動かずに、座ったままで何かをする状態。可能の形を伴う。
(1)　テレビのおかげで、居ながらにして世界の国々のようすが見られる。
(2)　コンピューターを使うと居ながらにして仕事ができるので、会社に出勤《しゅっきん》する必要がなくなるそうだ。

4　**さすが**　予想《よそう》していた通りの結果が出て、感心している状態。「～だけあって」を伴うことが多い。
(1)　あの人はさすがノーベル賞をもらっただけあって、いつも立派《りっぱ》な論文を発表している。
(2)　さすが高い山だけあって、夏でも寒い。

5 **はじめて〔初めて〕** いろいろな事があったが、やっと、ようやく、の意味。「初めて」の前は、動詞の「〜テ form」が来る。

(1) 子供が生まれて初めて、親のありがたさがわかった。

(2) 就職《しゅうしょく》して初めて、人間関係《にんげんかんけい》の複雑《ふくざつ》さが身にしみてわかるようになった。

練習問題〔七〕

次の文を完成しなさい。

1 今日は、あいにく雨ですから山登《やまのぼ》りは（　　　）

2 電話があるので、居ながらにして（　　　）

3 外国に行ってみて初めて、（　　　）

4 山田さんは、さすがフランスに五年間も住んでいただけあって、フランス語が（　　　）

5 海へ泳ぎに行ったが、あまり波《なみ》が高くて（　　　）

第七章　その他の副詞

〔一〕普通と違う状態を強調する言い方

A　気持ちなどを強調する場合

1　**どうも**　感謝やあやまる気持ちをふくむ挨拶《あいさつ》に用いる。

(1)　お見舞いに来てくださって、どうもありがとうございました。

(2)　約束の時間に遅れまして、どうも申し訳ありません。

2　**ほんとうに〔本当に〕**

(1)　遠いところわざわざお出かけくださり、本当にありがとうございました。

(2)　ボリショイ・バレエは本当にすばらしかった。

3　**まことに**　改まった言い方。

(1)　このたびは、まことにお世話《せわ》になりました。

(2)　戦時中、わが国が行った数々の残虐行為《ざんぎゃくこうい》はまことに遺憾《いかん》であった。

4　まさに　間違いなく、の意味。

(1)　タヒチはまさにこの世《よ》の楽園《らくえん》だ。

(2)　これはまさに科学者が予言《よげん》した通りの結果だ。

5　まったく〔全く〕

(1)　今度の台風《たいふう》は、全くひどかった。

(2)　この病気は現在では、全く治療《ちりょう》の方法がない。

B　他との違いを強調する場合

1　ことに

(1)　今年の夏はことに暑い。

(2)　このクラスで佐藤さんがことに優《すぐ》れているというわけではない。

2　とくに〔特に〕

(1)　日本料理は何でも食べますが、特にてんぷらが好きです。

(2)　あの人は歴史学者《れきしがくしゃ》で、特に江戸時代を専門に研究している。

3　とくべつ〔特別〕

(1)　小学生の時は特別勉強したわけでもないが、いつも成績が良かった。

(2)　検査《けんさ》の結果、特別に悪いところはみつかりませんでした。

C　程度が一番上である状態

1　**いちばん〔一番〕**

(1)　東京に来て一番驚いたのは、人がとても多いことです。

(2)　日本が今一番しなければならないのは、市場《しじょう》を開放《かいほう》することだ。

2　**もっとも〔最も〕**

(1)　山下さんはこの中で最も出世《しゅっせ》しそうな人だ。

(2)　この五年間で、最も車の売り上げ台数が伸《の》びたのは一昨年だ。

【注】「一番」はどちらかというと話し言葉に、「最も」は書き言葉に多く使われる。

練習問題〔一〕

次の文を完成しなさい。

1　この絵はまさに（　　　　）

2　そちらに滞在中《たいざいちゅう》はまことに（　　　　）

3　今日の入学試験の問題は全く（　　　　）

4　あなたの妹さんは本当に（　　　　）

5　今夜は遅くまで残業《ざんぎょう》してくれて、どうも（　　　　）

6　海外旅行をする時、特に注意しなければならないことは（　　　　）

7 外国人が日本で暮らす場合、最も（　　　　　　）
8 日本料理は何でも食べられます。でも一番（　　　　　　）
9 見本市《みほんいち》には新製品《しんせいひん》がたくさん展示《てんじ》されていましたが、ことに（　　　　　　）
10 友達だけの小さいパーティーですから、特別（　　　　　　）

〔二〕 判断《はんだん》や予想《よそう》が確《たし》かだと思われる場合

1 **かならず**〔**必ず**〕 確かに、の意味で、間違いなくそういう状態になったり、そうしたりすること。

(1) 松田さんは毎朝必ず九時前に会社に着く。
(2) 南アフリカ共和国に対する制裁法案《せいさいほうあん》は、必ず可決《かけつ》されるだろう。

2 **きっと** 判断《はんだん》や予想《よそう》が確実《かくじつ》になると思われるようすを表す。

(1) 今度のパーティーにはきっと来てくださいね。
(2) あの会社は将来《しょうらい》きっと発展《はってん》するだろう。

3 **きまって**〔**決まって**〕 ある状態のもとで、いつもそのことが起こる場合。

(1) 妹は寒くなると、決まって風邪《かぜ》をひく。
(2) 国鉄の運賃《うんちん》が上がると、決まって生鮮食料品《せいせんしょくりょうひん》も高くなる。

4 **ぜったい**〔**絶対**〕 どういう場合でも、の意味。

(1) 明日の試合には絶対勝《か》たなければならない。

(2) 戦争に核兵器《かくへいき》を使用することは絶対に許《ゆる》されない。

5 **もちろん**　言うまでもなく明らかだ、の意味。

(1) 今度の選挙《せんきょ》で、自民党《じみんとう》が勝つことはもちろん間違いない。

(2) 不景気《ふけいき》になればもちろん失業率《しつぎょうりつ》も高くなる。

練習問題〔二〕

次の文を完成しなさい。

1 どんな理由があろうと、戦争は絶対（　　　　）

2 クラス会の出欠《しゅっけつ》の有無《うむ》は二十日までに必ず（　　　　）

3 いつも約束の時間通りに来る村上さんが、こんなに遅《おそ》くなるわけがない。きっと（　　　　）

4 海の好きな本間さんは、夏になると決まって（　　　　）

5 私は日本人ですが、父の仕事の関係で小学校から大学までイギリスの学校へ通ったので、もちろん（　　　　）

〔三〕 推量《すいりょう》を表す言い方

1 **おそらく**　「～だろう」という意味。

(1) 田中さんは今夜のパーティーにはおそらく来ないだろう。

(2) ソビエトはおそらくこの提案《ていあん》には賛成《さんせい》しないだろう。

2　**たしか〔確か〕**　「自分の記憶《きおく》によれば、そうだろう」という意味。

(1) 吉田さんの誕生日《たんじょうび》は確か三月三十日だったと思います。

(2) 李さんのふるさとは確か北京ですよ。

3　**たぶん**　その可能性が強いことを判断していう語。後に「だろう」「でしょう」などを伴うことが多い。

(1) 明日はたぶん雨でしょう。

(2) 卒業したらたぶん教師になると思います。

4　**どうやら**　はっきりしないが、そうだろうと考えられる状態。後に「よう」「らしい」などを伴うことが多い。

(1) みんな席の方へ行きますね。どうやら映画の始まる時間のようですね。

(2) 遠くてよくわからないが、向こうから来るのはどうやら山田さんのようだ。

練習問題〔三〕

傍線部《ぼうせんぶ》の言葉を使って、例のように質問に対する答えを完成しなさい。

【例】 Q　明日の天気はどうでしょうか。

A　たぶん（いい天気でしょう。）

1　Q　ここから会場まで、歩いて何分ぐらいですか。

A　たぶん（　　　　　　　　　　　　　　）

2　Q　あの飛行機事故はいつごろでしたか。
　　A　確か（　　　）

3　Q　次の選挙《せんきょ》にも自民党《じみんとう》は勝《か》つと思いますか。
　　A　おそらく（　　　）

4　Q　五時の飛行機に間に合いますか。
　　A　このぶんですと、どうやら（　　　）

〔四〕結果が予《よ》測《そく》できる場合

1　**いずれ**　どちらにしても結局はそうなる、の意味。

(1)　いずれ、この事は国民に知れ渡《わた》るだろう。

(2)　内閣《ないかく》はいずれ改造《かいぞう》されるはずだ。

【注】　近いうちに、の意味で、改まった言い方にも使われる。

(1)　いずれ改めて御挨拶《ごあいさつ》に伺《うかが》います。

(2)　いずれお目にかかりたいと存じます。

2　**おそかれはやかれ**　遅い早いは別として、いつかそういう状態になること。

(1)　あんな無理《むり》をして仕事をしていては、おそかれはやかれ病気になる。

(2)　あれだけの才能《さいのう》のあるピアニストなら、おそかれはやかれ世界の音楽愛好家《あいこうか》に認《みと》められるだろう。

3　**どうせ**　どのようにしても、の意味で、いい結果が期待できない場合に使われる。

(1) 今は夢中《むちゅう》で勉強しているが、彼の事だからどうせ長続きはしないよ。
(2) どうせ失敗《しっぱい》する事がわかっているのだから、こんな実験《じっけん》をする意味がない。

4　**どっちみち**　どちらにしても、そうなるという予想ができる場合。
(1) この仕事はどっちみちしなければいけないのだから、早く片づけてしまおう。
(2) この病気はどっちみち手術《しゅじゅつ》しなければ直らないらしい。

練習問題〔四〕

次の文を完成しなさい。

1　人間は誰でもおそかれはやかれ（　　　　　　　　　　　）
2　今週は忙《いそが》しくて時間がありませんので、いずれ（　　　　　　　　　　　）
3　どうせ朝寝坊《あさねぼう》の彼のことだから、（　　　　　　　　　　　）
4　いくら隠《かく》しても、どっちみち（　　　　　　　　　　　）

〔五〕　結果が予測《よそく》できたり、結果が出た場合

1　**いよいよ**　期待して待っていたその時が来た時に使われる。
(1) カイロでの調査《ちょうさ》が終わったので、いよいよ明日《あした》はアテネへ行くことになりました。
(2) 一時間後には、いよいよ大統領選挙《だいとうりょうせんきょ》の投票《とうひょう》結果が発表される。

2　**けっきょく〔結局〕**　いろいろなことがあったが、最後に、の意味。

(1)　ずいぶん待ったが、結局山田さんは来なかった。
(2)　ショパンコンクールに参加した日本人は三十人もいるが、結局入賞《にゅうしょう》したのは二、三人だけだった。

3　ついに　いろいろな事があった後、一つの結果が出た場合。
(1)　長年の研究のあと、キュリー夫人はついにラジウムを発見《はっけん》した。
(2)　その年、登山隊《とざんたい》の人々はついにマナスル登頂《とうちょう》をなしとげた。

4　とうとう　時間がたって、ある程度は予想《よそう》できた状態になった場合。
(1)　三年かかったが、彼は一人でとうとう家を作り上げた。
(2)　彼は遊び過ぎて、親の残した財産《ざいさん》をとうとうなくしてしまった。

【注】残念ながらという気持ちを表す場合にも使われる。
(1)　日本滞在中《たいざいちゅう》に京都に行くつもりだったが、とうとう行けずに帰国した。

5　どうにか　苦労や困難のあとに、希望していた状態になる場合。
(1)　試験はむずかしかったが、どうにかできたので合格するだろう。
(2)　この機械を作るのには金も時間もかかり苦労したが、どうにか完成しそうだ。

6　やっと　長い間や苦労のあとに、望む結果がえられた状態。
(1)　いい仕事がやっとみつかった。
(2)　念願《ねんがん》の新しいビルがやっと完成した。

7　やはり　一つのことが予想していた通りの結果だった場合。「やっぱり」「やっぱし」はくだけた言い方。

(1) 松本さんの病気はやはり癌《がん》だったそうです。

(2) 今年度の大《だい》企業《きぎょう》の所得《しょとく》の上位は、やはり自動車関係の会社ですか。

8　ようやく　「やっと」と同じ意味で使われる。

(1) ようやく五時の飛行機に間《ま》に合った。

(2) 国防費《こくぼうひ》の増加《ぞうか》をようやくおさえることができた。

【注】「ようやっと」は「ようやく」を強めた言い方。

練習問題〔五〕

｛　｝の中から適当なものを選びなさい。

1　フランスやスペインやドイツなど、いろいろ考えましたが、新婚旅行は｛a つまり　b 結局　c いずれ｝イタリアへ行くことにしました。

2　人間は誰でも｛a おそかれはやかれ　b やっと　c つまり｝死ぬものだ。

3　妹さんは｛a どっちみち　b やはり　c 結局｝北海道に住んでいらっしゃいますか。

4　忘年会には｛a いずれ　b おそかれはやかれ　c どっちみち｝出席できないんでしょう。

5　｛a いずれ　b どうせ　c つまり｝朝《あさ》寝《ね》坊《ぼう》の彼のことだから、時間には来ないでしょう。

6　浪人《ろうにん》生活三年の後、｛a どうせ　b いよいよ　c やっと｝念願《ねんがん》の東大に入学できた。

7　交通事故にあって六カ月も入院したが、来週は｛a ようやく　b どうせ　c いずれ｝退院できそうだ。

8　科学が進歩して、人間も｛a いずれ　b どっちみち　c ついに｝月に行けるようになった。

9　人工心臓《じんこうしんぞう》で一年以上も生きていた人が、｛a とうとう　b ようやく　c やっと｝今朝亡《な》くなったそうです。

10 明日は ａ いよいよ／ｂ やはり／ｃ おそかれはやかれ 待ちに待ったオリンピックの開会式です。

〔六〕 順序《じゅんじょ》を表す言い方

1 **かわるがわる〔代わる代わる〕** 交互《こうご》に、順番に、の意味。

(1) この学生寮では代わる代わる部屋の掃除《そうじ》をすることになっている。

(2) この工場では二十四時間、工員達が代わる代わる働いている。

2 **じゅんに〔順に〕** 順序《じゅんじょ》に従って、次から次に何かをすること。

(1) 青山さんから順に自己紹介《じこしょうかい》をしてください。

(2) 宿題がたくさんあるので、やさしいものから順にやっていこう。

【注】「順々に」の形も使われる。

3 **だいいちに〔第一に〕** 初めに、の意味。

(1) 学生が第一にしなければならないことは勉強で、アルバイトではない。

(2) まず第一に今日は先月の売り上げについて報告《ほうこく》いたします。

【注】いろいろと考えられるが、他の事はともかくとしてこの事が一番、の意味で、「第一」が使われることがある。

(1) 家を買いたくても、第一お金がない。

4　**まず**　初めに、の意味。

(1) 地震《じしん》が起きたら、まず火を消してください。

(2) 話は後にして、まず食事を注文《ちゅうもん》しよう。

5　**また**　この次に、という意味。時を表わす言葉と一緒に使われる。

(1) 今日は都合《つごう》が悪いので、またいつかお会いしましょう。

(2) 政府レベルでの会談《かいだん》は決裂《けつれつ》し、話し合いはまたの機会に行われることとなった。

練習問題〔六〕

次の文を完成しなさい。

1　今はまず体のことを考えて、（　　　）

2　帰国して第一にしなければならないことは（　　　）

3　面接《めんせつ》を受ける人は順に（　　　）

4　子供達は代わる代わる（　　　）

5　今日の歌舞伎《かぶき》はとてもおもしろかったですね。また来月も（　　　）

〔七〕ある状態が続いている場合

1　**まだ**　ある状態が同じように続いている場合。

(1) 雨はまだ降っています。

(2) 山谷さんはまだ危篤《きとく》状態が続いているらしい。

2　**あいかわらず〔相変わらず〕**　いつもと変わらず、の意味で、習慣的な状態を表す。

(1)　私は相変わらず忙《いそが》しく暮らしています。

(2)　弟は相変わらず部屋でテレビばかり見ている。

3　**いぜんとして〔依然として〕**　もとと変わらない状態を表し、書き言葉に多く使われる。他の言い方に比べ、強調や非難《ひなん》を表す。

(1)　いくら注意しても依然としてここに車をとめる人がいる。

(2)　政府《せいふ》の態度は依然として変わらない。

4　**やはり**　一つの状態が前と同じで変化していない場合。

(1)　十年前と同じように、妹はやはり小学校の先生をしています。

(2)　今でもやはりあの辺は静かな住宅地《じゅうたくち》です。

練習問題〔七〕

次の文を完成しなさい。

1　きのう降り出した雪は、まだ（　　　　　　）

2　父は日曜日ごとに相変わらずゴルフを（　　　　　　）

3　物価高は依然として（　　　　　　）

4　私の兄は今でもやはり（　　　　　　）

〔八〕**距離《きょり》や方向を表す言い方**

1　**すぐ**　距離が近いようす。
(1)　その銀行は交番のすぐそばにあります。
(2)　家から駅まですぐですから、バスに乗《の》らなくても大丈夫です。

2　**ずっと**　どんどん先へ行くようす。
(1)　この道をずっと行くと、高速道路《こうそくどうろ》にぶつかります。
(2)　この道はずっと遠くまで続いている。

3　**はるばる**　とても遠い所から、の意味で、「行く」「来る」「訪《たず》ねる」などを伴う。
(1)　病気見舞《みま》いに北海道から東京の病院まで、はるばる来てくれた人がいる。
(2)　あの小学生は単身赴任中《たんしんふにんちゅう》のお父さんを、一人ではるばるニューヨークまで訪《たず》ねるそうだ。

4　**まっすぐ**　曲《まが》らないで、の意味。
(1)　この道をまっすぐ行ってください。
(2)　ここから二番目の信号を左に曲《まが》って、まっすぐ行くと公園があります。

【注】
(1)　「途中《とちゅう》どこにもよらないで」の意味にも使われる。
A「帰りにお食事でも御一緒にいかがですか。」
B「すみません。今日はちょっと頭が痛いので、まっすぐ家に帰ろうと思います。」

練習問題〔八〕

〔　〕の中から適当なものを選びなさい。

1 この道を左へ曲って｛a きっちり　b まっすぐ　c はるばる｝五分ぐらい歩くと、右側に学校があります。

2 デパートは駅の｛a すぐ　b ずっと　c まっすぐ｝横にありますから、便利です。

3 この道を｛a ゆったり　b すぐ　c ずっと｝行くと横浜ですよ。

4 山田さんは一匹のちょうちょうを求めて｛a はるばる　b まっすぐ　c ずっと｝南アメリカへ出かけた。

〔九〕

「言い換《か》えれば」の意味を表す言い方

前の事を他の言い方で説明したり、表現したりすること。

1 **けっきょく〔結局〕**

(1)　課長の意見とは多少違いますが、私の意見も結局これからの経営方針《けいえいほうしん》をどうするかということです。

(2)　原因はいろいろ考えられますが、結局無理のしすぎだと思います。

2　**つまり**

(1)　受験に失敗したのは、つまり不勉強のせいだ。

(2)　夫の母、つまり私にとっては義理《ぎり》の母のことで相談に来ました。

3　**ようするに〔要するに〕**

(1)　長い講演《こうえん》だったが、要するにあの先生は何を言いたかったのだろうか。

(2)　いくら議論《ぎろん》しても平行線《へいこうせん》をたどるばかりだ。要するに鈴木さんと私は、全く考え方が違うということだ。

4　**たとえば〔例えば〕**

(1)　有名な日本の寺、例えば金閣寺《きんかくじ》や東大寺を見たことがありますか。

(2)　学生の時、いろいろなアルバイトをしました。例えば家庭教師とか店員とかです。

練習問題〔九〕

次の文を完成しなさい。

1　激《はげ》しい運動、例えば（　　　　）

2　私が最も言いたいことは、つまり（　　　　）

3　日本が第二次世界大戦に負けたのは結局（　　　　　）
4　徳川家康《とくがわいえやす》は、一五四二年に生れ、一六一六年に死んだ。ようするに（　　　　　）

〔十〕

慣用的な使い方

1　**あいにく**　運悪く、残念ながらの意味。
(1)　友人のアパートを訪《たず》ねたが、あいにく留守《るす》だった。
(2)　A「これより大きいサイズはありませんか。」
B「あいにくそのサイズは品切《しなぎ》れでございます。」

2　**いかが**　どのように、どう、という意味で、「いかが」は改《あらた》まった言い方。相手の意向を確《たし》かめる時に使う。
(1)　毎日、いかがお過ごしでいらっしゃいますか。
【注】相手に何かを勧《すす》める場合にも使われる。
(1)　ビールをもう一杯、いかがですか。

3　**おかげさまで**　神仏《しんぶつ》、または人から受けた恵《めぐ》みや好意《こうい》によって、そうなったことを感謝《かんしゃ》している状態。
(1)　A「御病気いかがですか。」
B「おかげさまで、やっと元気になりました。」
(2)　おかげさまで会社の経営《けいえい》も順調《じゅんちょう》にいってます。

4　**くれぐれも**　十分、よく、の意味。
(1)　くれぐれもお体をお大切に。
(2)　くれぐれも気をつけて、行っていらしてください。

5　**よく**　喜びやうれしさを表す場合。
(1)　よくいらしてくださいました。

6　**よろしく**　挨拶《あいさつ》の言葉。
(1)　どうぞよろしくお願いいたします。
(2)　お父様によろしくお伝えください。

練習問題〔十〕

（　）の中に「あいにく」「いかが」「おかげさまで」「くれぐれも」「よく」「よろしく」の中から適当なものを選んで入れなさい。

山本「ごめんください。」
田中夫人「まあ、山本さん。」
山本「今日はお招《まね》きいただきまして、ありがとうございました。」
田中夫人「いいえ、お忙《いそが》しいところ①（　　）いらしてくださいました。さあ、どうぞお入りください。」
山本「お宅《たく》の皆様、お元気ですか。」

田中夫人「ええ、②（　　　）、元気にしております。」
山本「家内が奥様に③（　　　）④（　　　）と申しておりました。」
田中夫人「ありがとうございます。奥様はお元気ですか。」
山本「⑤（　　　）今日は風邪《かぜ》をひきまして、失礼させていただくと申しておりました。」
田中夫人「まあ、それは残念ですね。それで、具合《ぐあい》は⑥（　　　）ですか。」
山本「たいしたことはございません。」

〔十一〕その他

1 **いちおう〔一応〕** 簡単《かんたん》に、ひと通り、の意味。
(1) 一応どんな品物か見せていただきましょう。
(2) 一応初めから終わりまで目を通してみました。

2 **いろいろ** たくさん、違う種類の、という意味。
(1) いろいろお世話になりまして、本当にありがとうございました。
(2) あの人はいろいろ文句ばかり言うので、つき合いがむずかしい。

3 **おもに〔主に〕** 多くは、主《しゅ》として、の意味。
(1) ゴルフをする人々は主に男性だったが、最近は女性もやるようになった。
(2) 今年のお中元は、主に家庭用品が良く売れているようだ。

4 **がいして〔概して〕** 一般的に、だいたいのことを言えば、の意味。

(1)　今年の女子大生の就職率《しゅうしょくりつ》は、概して良さそうだ。

(2)　原子力事故が起こると、放射能《ほうしゃのう》の流出は概して他国にも影響を及《およ》ぼしやすい。

5

じつは〔実は〕　本当のことを言うと、本当は、の意味。

(1)　実は、私はもうずいぶん前から主人との離婚《りこん》を考えていました。

(2)　西野さんは今度の選挙《せんきょ》に立候補《りっこうほ》したが、実は政治のことなんか何も知らないんですよ。

6

しゅとして〔主として〕　その中心となっているようすを表す。

(1)　今日のミーティングでは、主として新製品の開発について話し合いたいと思います。

(2)　今年の流行は主としてウール製品にあるようです。

7

とかく　はっきりとは言えないが、どちらかと言えばそのような傾向がある、という意味。

(1)　高速道路《こうそくどうろ》を走ると、私はとかくスピードを出し過ぎる。

(2)　最新流行の服を着ていると、年よりからとかく変な目で見られる。

8

やたら　順序や節度なく何かをする状態。

(1)　暑いからと言って、やたら冷たい物ばかり食べていると、おなかをこわしますよ。

(2)　政治家は選挙《せんきょ》前にやたらに公約《こうやく》ばかり出すが、実行《じっこう》する人はどのくらいいるだろうか。

9

よく〔良く〕　上手に、すばらしく、の意味。

(1)　この絵は実に良く描《か》けている。

(2)　山田さんは病気の体で良く大任《たいにん》を果《はた》したものだ。

第八章　総合問題

一　（　　）の中に、次の言葉の中から適当なものを選んで入れなさい。

a じっと　b くるくる　c ぶらぶら　d きらきら

カンダタは大きな声を出して、「こら、罪人ども。この蜘蛛《くも》の糸はおれのものだぞ。お前たちは一体誰にきいて、のぼって来た。下りろ。下りろ。」とわめきました。そのとたんでございます。今まで何ともなかった蜘蛛《くも》の糸が急にカンダタのぶら下っている所から、ぷつりと音を立てて切れました。ですからカンダタもたまりません。あっと言う間もなく風を切って、こまのように①（　　）まわりながら、見る見るうちに暗《やみ》の底へ、まっさかさまに落ちてしまいました。後には唯極楽《ごくらく》の蜘蛛《くも》の糸が②（　　）細く光りながら、月も星もない空の中途に、短くたれているばかりでございます。

おしゃか様は極楽《ごくらく》の蓮池《はすいけ》のふちに立って、この一部始終を③（　　）見ていらっしゃいましたが、やがてカンダタが血の池の底へ石のように沈んでしまいますと、悲しそうな御顔をなさりながら、又④（　　）お歩きになり始めました。

（芥川龍之介「蜘蛛の糸」）

二　（　　）の中に、次の言葉の中から適当なものを選んで入れなさい。

a だんだん　b とうとう　c すぐに　d にやにや　e ぼんやり

1 或春の日暮です。唐の都洛陽《らくよう》の西の門の下に、①（　）空をあおいでいる、一人の若者がありました。

2 大金持になった杜《と》子《し》春《しゅん》は②（　）立派な家を買って玄宗皇帝《げんそうこうてい》にも負けない位、ぜいたくな暮しをし始めました。

3 しかし、いくら大金持でも、お金には際限がありますから、さすがにぜいたく家の杜《と》子《し》春《しゅん》も、一年二年とたつ内には、③（　）貧乏になり出しました。

4 「お金はもういらないのです。」
「金はもういらない？　ははあ、ではぜいたくをするには④（　）あきてしまったと見えるな。」老人はいぶかしそうな眼つきをしながらじっと杜《と》子《し》春《しゅん》の顔を見つめました。

5 老人は杜《と》子《し》春《しゅん》の言葉を聞くと急に⑤（　）笑い出しました。（芥川龍之介「杜子春」）

三 （　）の中に、次の言葉の中から適当なものを選んで入れなさい。

a わざわざ　b あまり　c たいてい　d 全く　e すぐ

1 老師に会うのは約二十年ぶりである。東京から①（　）会いに来た自分には、老師の顔を見るや否や、席に着かぬ前から、②（　）それと解ったが、先方では自分を③（　）忘れていた。（夏目漱石「初秋の一日」）

2 私が高等学校にいた頃、比較的親しく交際《つきあ》った友達の中にOという人がいた。其時分から④（　）多くの朋友《ほうゆう》を持たなかった私には、自然Oと往来を繁《しげ》くするような傾向があった。私は⑤（　　　）一週に一度位の割で彼を訪ねた。

（夏目漱石「硝子戸の中」）

四　（　）の中に、次の言葉の中から適当なものを選んで入れなさい。

a あんまり　b いつも　c さも　d だんだん　e ちらちら　f はあはあ　g ぱちぱち　h ゆっくり

虔十《けんじゅう》は①（　　　）縄《なわ》の帯をしめて、わらって杜《もり》の中や畑の間を②（　　　）あるいているのでした。

雨の中の青い藪《やぶ》を見ては、よろこんで目を③（　　　）させ、青ぞらをどこまでも翔《か》けて行く鷹《たか》を見付けては、はねあがって手をたたいてみんなに知らせました。

けれども④（　　　）子供らが虔十《けんじゅう》をばかにして笑うものですから、虔十《けんじゅう》は⑤（　　　）ないふりをするようになりました。

風がどうと吹いて、ぶなの葉が⑥（　　　）光るときなどは、虔十《けんじゅう》はもううれしくてうれしくて、ひとりでに笑えて仕方ないのを、無理やり大きく口をあき、⑦（　　　）息だけついてごまかしながら、いつまでもいつまでも、そのぶなの木を見上げて立っているのでした。

時にはその大きくあいた口の横わきを、⑧（　　　）痒《かゆ》いようなふりをして指でこすりながら、はあはあ息だけで笑いました。

（宮沢賢治「虔十公園林」）

五　（　）の中に、次の言葉の中から適当なものを選んで入れなさい。

a あまり　b きっと　c さも（さもさも）　d じつに　e ずっと　f たとえば

g　ほんとうに　h　まるで　i　もっと　j　よぼよぼ

よだかは、①（　　　　）みにくい鳥です。

顔は、ところどころ、味噌《みそ》をつけたようにまばらで、くちばしはひらたくて、耳までさけています。

足は、②（　　　　）③（　　　　）で、一間とも歩けません。

ほかの鳥は、もう、よだかの顔を見ただけでも、いやになってしまうという工合《ぐあい》でした。

④（　　　　）、ひばりも、⑤（　　　　）美しい鳥ではありませんが、よだかよりは、⑥（　　　　）上だと思っていましたので、夕方など、よだかにあうと、⑦（　　　　）いやそうに、しんねりと目をつぶりながら、首をそっぽに向けるのでした。⑧（　　　　）ちいさなおしゃべりの鳥などは、いつでもよだかのまっこうから悪口をしました。

「ヘン。又出て来たね。まあ、あのざまをごらん。⑨（　　　　）、鳥の仲間のつらよごしだよ。」

「ね、まあ、あのくちの大きいことさ。⑩（　　　　）、かえるの親類か何かなんだよ。」こんな調子です。

（宮沢賢治「よだかの星」）

六　（　）の中に、次の言葉の中から適当なものを選んで入れなさい。

a　いよいよ　b　こっそり　c　しっかり　d　しんと　e　たしかに　f　ひっそりと

g　やっぱり

あかるいひるま、みんなが山へはたらきに出て、こどもがふたり、庭であそんでおりました。

大きい家にだれもおりませんでしたから、そこは①（　　　　）しています。

ところが家の、どこかのざしきで、ざわっざわっと箒《ほうき》の音がしたのです。

ふたりのこどもは、おたがい肩に②（　　　　）手を組みあって、③（　　　　）行ってみましたが、どのざしきにもだれもいず、刀の箱も④（　　　　）して、かきねの桧葉《ひば》が、⑤（　　　　）青く見えるきり、だれもどこにもいませんでした。

ざわっざわっと箒《ほうき》の音がきこえます。

とおくの百舌《もず》の声なのか、北上川の瀬の音か、どこかで豆を箕《み》にかけるのか、ふたりでいろいろ考えながら、だまって聴《き》いてみましたが、⑥（　　　　）どれでもないようでした。

⑦（　　　　）どこかで、ざわっざわっと箒《ほうき》の音がきこえたのです。

（宮沢賢治「ざしき童子のはなし」）

七　（　　）の中に、次の言葉の中から適当なものを選んで入れなさい。

a　さすがに　b　どうか　c　充分に　d　ほんとうに　e　なお　f　少し

今の住宅を建てる時に、①（　　　　）天井にねずみの入り込まないようにしてもらいたいという事を特に請負人に頼んでおいた。②（　　　　）注意しますとは言っていたが、③（　　　　）工事中にも時々忘れないようにこの点を主張しておいた。大工にも直接に幾度も念をおしておいたが、自分で天井裏を点検するほどの勇気は④（　　　　）なかった。

引き移ってから数か月は無事であった。やかましく言ったかいがあったと言って喜んでいた。長い間ねずみとの共同生活に慣れたものが、ねずみの音のしない天井をいただいて寝る事になるとなんだか⑤（　　）変な気もした。物足りないというのは言い過ぎであろうが、⑥（　　）孤独な人間がある場合には同棲のねずみに不思議な親しみを感ずるような事も不可能ではないように思われたりした。

（寺田寅彦「ねずみと猫」）

八（　　）の中に、次の言葉の中から適当なものを選んで入れなさい。

a しばらく　b なかなか　c かなり　d すぐ　e よほど　f どうか

子猫がほしいという家族の大多数の希望が女中の口から出入りの八百屋《やおや》に伝えられる間にそれが積極的な要求に変わってしまったらしい。突然八百屋《やおや》が飼い主の家の女中といっしょに連れて来たそうである。台所へ来たのを奥の間へ連れて行くと①（　　）また台所へかけて行って、連れて来た人のあとを追うので、②（　　）紐《ひも》でつないでおこうかと言っていたが、連れて来た人がそれはかわいそうだから③（　　）縛らないでくれというのでよしたそうである。夜はふところへ入れて寝かしてやってくれという事も頼んで行ったそうである。私が見に来た時はもう④（　　）時間がたってよほど慣れて来たところであったらしい。食物などもとの飼い主の家では⑤（　　）だいじにして育てられたものらしい。⑥（　　）めったなものは食わなかった。

（寺田寅彦「ねずみと猫」）

九（　　）の中に、次の言葉の中から適当なものを選んで入れなさい。

a だんだん　b また　c 一生懸命に　d じっと　e ぶるぶる　f すこしも　g きらきらと　h ぎゅっと　i とうとう

私は①（　　）震えて泣きながら、両手の指をそろえて口の中へ押しこんで、それを②（　　）歯でかみしめながら、その男がどんどん沖の方に遠ざかって行くのを見送りました。私の足がどんな所に立っているのだか、寒いのだか、暑いのだか、③（　　）私にはわかりません。手足があるのだかないのだか、それも分りませんでした。

抜き手を切って行く若者の頭も④（　　）小さくなりまして、妹との隔たりが見る見る近よって行きました。若者の身のまわりには白い泡《あわ》が⑤（　　）光って、水を切った手がぬれたまま飛魚が飛ぶように海の上に現われたり隠れたりします。私はそんなことを⑥（　　）見つめていました。

⑦（　　）若者の頭と妹の頭とが一つになりました。私は思わず指を口の中から放して、声を立てながら水の中にはいってゆきました。けれども二人がこっちに来るののおそいことおそいこと。私はまたなんのわけもなく砂の方に飛び上がりました。そして⑧（　　）海の中にはいって行きました。どうしても⑨（　　）して待っていることができないのです。

（有島武郎「おぼれかけた兄弟」）

十　（　　）の中に、次の言葉の中から適当なものを選んで入れなさい。

a もう　b ぱちぱち　c まっすぐに　d ずいぶん　e はっきり

二十軒ぐらいもそうやってどなって歩いたら、自分の家からは①（　　）遠くに来てしまっていた。少し気味が悪くなって僕は立ちどまってしまった。そしてもう一度家の方を見た。②（　　）火はだいぶ燃え上がって、そこいらの木や板べいなんかが③（　　）絵にかいたように見えた。風がないので、火は④（　　　　）上の方に燃えて、火の子が空の方に高く上がって行った。⑤（　　　　）という音のほかに、ぱんぱんと鉄砲を打つような音も聞こえていた。

（有島武郎「火事とポチ」）

わ

索　　引

太字は章節番号を示す。

著者紹介

茅野直子（ちの・なおこ）
1976年青山学院大学日本文学科博士課程修了。ハワイ大学大学院東西センターで言語教授法を学ぶ。現在，上智大学比較文化学部，青山学院大学，国際教育振興会日本語研修所講師。著書に，『外国人のための助詞』（共著，武蔵野書院）がある。

秋元美晴（あきもと・みはる）
1986年青山学院大学日本文学科博士課程修了。現在，上智大学比較文化学部，恵泉女学園短期大学英文学科講師。著書に，『外国人のための助詞』（共著，武蔵野書院）がある。

真田一司（さなだ・かずもり）
1962年法政大学文学部日本文学科卒業，69年早稲田大学第二文学部西洋哲学専修卒業。現在，青山学院大学，国際教育振興会日本語研修所講師。

外国人のための日本語 例文・問題シリーズ1

副詞

昭和六十二年十月二十日 印刷
昭和六十二年十一月一日 初版

著者 茅野直子 秋元美晴 真田一司
発行者 荒竹 勉
印刷／製本 中央精版印刷
発行所 荒竹出版株式会社
東京都千代田区神田神保町二—四〇
郵便番号一〇一
電話 〇三—二六二—〇二〇二
振替（東京）二—一六七一八七
（乱丁・落丁本はお取替えいたします）
ISBN4-87043-201-3 C3081

定価1,800円

NOTES

NOTES

NOTES

外国人のための日本語
例文・問題シリーズ1
『副詞』練習問題解答

第一章

〔一〕 A 1・c 2・e 3・a 4・f 5・b 6・d B 1・f 2・a 3・e 4・c 5・b 6・d

〔二〕 1・c 2・e 3・b 4・a 5・f 6・d

〔三〕 1 会議が始まるはずだ 2 貧乏になる 3 晴れるでしょう 4 こんできますよ 5 今年も終わりですね 6 電車はないでしょうね 7 仕事に慣れますよ 8 避難《ひなん》してください 9 なくなってしまった 10 病院へいらしてください 11 行ってみます

〔四〕〔五〕 1 出たばかりです 2 お帰りになりました 3 申し上げた 4 お目にかかりましょう 5 お知らせいたします 6 まいります 7 行ってみたほうがいいです 8 帰国した

〔六〕 1・c 2・a 3・c 4・b 5・a 6・c 7・b 8・a

第二章

〔一〕 1 古いです 2 話し合った 3 良くなった 4 重大である 5 生活が苦しかったらしい 6 失礼いたしました 7 疲《つか》れていた 8 評《ひょう》判《ばん》がいい 9 おいしい 10 恐怖《きょうふ》をあたえた 11 お酒を飲んでいる 12 わずかです 13 注意した

〔二〕 1 病気が良くなった 2 暖かい 3 意志の強い人なのだろう 4 若い人に読まれています 5 便利なものです 6 暑かった 7 上だった 8 むずかしかった 9 勉強しなければなりません

〔三〕〔四〕 1 進んでいる 2 政治家だ 3 いっそう体力がついた 4 早く起きよう 5 降り続くみこみである 6 がんばってください 7 助かります 8 反抗しますよ 9 死んでしまったほうがいい 10 損《そん》をしてしまった

〔五〕 1・b 2・a 3・d 4・b 5・b 6・a 7・a 8・d

〔六〕〔七〕〔八〕 A 1・a 2・b 3・c 4・a 5・c 6・b 7・b 8・c 9・b 10・a B 1 二人だった 2 二百ぐらいです 3 取られた 4 三万円ほどです 5 食べてしまっ

た

〔九〕1 一時間かかる 2 家にいる 3 数億円にのぼった 4 完成した 5 帰宅《きたく》しています 6 百五十年前に建てられた 7 東南アジアから来ている

第三章

〔一〕1・d 2・i 3・a 4・h 5・e 6・b 7・f 8・j 9・c 10・g

〔三〕1・b 2・e 3・d 4・c 5・a

〔五〕〔六〕1・b 2・c 3・b 4・c 5・a 6・d 7・b 8・a 9・d 10・d 11・b 12・b 13・c 14・b 15・d 16・a

〔七〕1・a 2・c 3・d 4・b 5・b 6・a 7・d 8・a 9・d 10・b 11・a 12・a

〔八〕1・a 2・d 3・b 4・d 5・c 6・a 7・d 8・c 9・d 10・c 11・a 12・b

〔九〕1・d 2・e 3・g 4・a 5・f 6・b 7・h 8・c

〔十〕の(1) 1・a 2・a 3・c 4・d 5・d 6・a 7・a 8・c 9・d 10・c 11・c 12・b 13・b 14・c 15・d

〔十〕の(2) 1・a 2・b 3・a 4・b 5・c

第四章

〔一〕〔二〕1・e 2・d 3・b 4・c 5・a

〔三〕1 そっと 2 じっと 3 こそこそ（こっそり） 4 こっそり 5 じっと

〔四〕1 宿題をしてしまいなさい 2 仕事を処理《しょり》していく 3 働くぞ 4 渡っていたら車にひかれそうになった 5 約束の時間に遅れてしまった

〔五〕〔六〕1・a 2・b 3・b 4・a 5・b 6・a 7・c 8・c 9・a 10・c

〔七〕1・a 2・b 3・b 4・a 5・c 6・b

〔八〕1 ともかく（とにかく） 2 あくまで 3 とにかく（ともかく） 4 ともかく 5 わざわざ（せっかく） 6 ついでに 7 なるべく（とにかく） 8 わざと（わざわざ） 9 ともかく 10 あくまで 11 せっかく 12 わざと 13 ついでに 14 なるべく 15 わざわざ

〔九〕〔十〕1・b 2・e 3・d 4・a 5・c

〔十一〕1・c　2・e　3・d　4・a　5・b

〔十二〕1・b　2・a　3・d　4・c　5・e

第五章

〔一〕1・c　2・d　3・e　4・a　5・b

〔二〕のA・B　1・c　2・a　3・c　4・a　5・a　6・c　7・b　8・c　9・a　10・b　11・a　12・b　13・a　14・a　15・a

〔二〕のC　1 くるりと　2 どっと　3 どっと　4 くるりと　5 ばったり　6 がたんと　7 ばったり　8 ぱっと　9 きらりと　10 がらりと　11 さっと　12 ぱっと　13 さっと　14 がらりと　15 きらりと

〔三〕1 ばらばら　2 どやどや　3 ごたごた　4 ごちゃごちゃ　5 どやどや　6 ぼろぼろ　7 めちゃめちゃ　8 ごちゃごちゃ　9 ごたごた　10 ばらばら

〔四〕1・a　2・c　3・b　4・a

〔五〕1 べったり（べたべた）　2 ぬるぬる　3 さらっと　4 びしょびしょ　5 べったり（べたべた）

〔六〕の(1)　1・c　2・b　3・a　4・a　5・c

〔六〕の(2)　1・c　2・c　3・a　4・c　5・c　6・a

〔七〕1 がたん　2 りんりん　3 ごうごう　4 びりびり　5 がさがさ　6 ばたばた　7 がたがた（ばたばた）

〔八〕1 ふわふわ　2 ごつごつ　3 あかあかと　4 ごろごろ　5 ひっそり　6 ぷかぷか　7 ぽっかり（ふわふわ）　8 ぴかぴか　9 かちかちに　10 ひっそり

〔九〕A　1・a　2・c　3・a　4・c

〔九〕B　1・d　2・f　3・a　4・c　5・g　6・e　7・b　8・h

第六章

〔一〕の(1)　1 ついに　2 はっきり　3 なかなか　4 どう　5 はっきり　6 さっぱり　7 絶対　8 なかなか　9 どう　10 絶対

〔一〕の(2)　1 とても　2 どう　3 別に　4 しいて（ちっとも）　5 ちっとも　6 どう　7 しいて　8 とても　9 別に　10 ちっとも

5 「副詞」練習問題解答

〔一〕の(3) 1 あまり 2 一概に 3 まさか 4 あまり 5 一概に 6 もう 7 まさか 8 一概に 9 もう 10 決して

〔一〕の(4) 1・b 2・b 3・c 4・c 5・b 6・b 7・a 8・a 9・b 10・c

〔一〕の(5) 1・b 2・d 3・a 4・a 5・b 6・b 7・c 8・d 9・d 10・a 11・b 12・d 13・b 14・c

〔二〕 1・a 2・b 3・c 4・b 5・a 6・b 7・c 8・a 9・b 10・a

〔三〕〔四〕 1・c 2・a 3・b 4・c 5・a 6・d 7・c 8・c 9・a 10・a

〔五〕〔六〕 1・a 2・c 3・a 4・c 5・a 6・d 7・b 8・b 9・a 10 ①・d ②・c 11・d 12・c

〔七〕 1 中止しましょう 2 外国の友達と話すことができる 3 日本の良さがわかった 4 上手ですね 5 全然泳げなかった

第七章

〔一〕 1 現代絵画《かいが》の傑作《けっさく》だ 2 お世話になりました 3 むずかしくてできなかった 4 きれいな方ですね 5 御苦労様でした 6 すりに気をつけることです 7 大変なのはことばの問題らしいです 8 好きなのはすきやきです 9 コンピューターのセクションは新製品が多かった 10 準備をすることはありません

〔二〕 1 反対です 2 お知らせください 3 何かあったに違いありません 4 ハワイに行くそうです 5 英語は母国語のようなものです

〔三〕 1 五、六分でしょう 2 去年の今ごろでした 3 勝つでしょう 4 間《ま》に合いそうです

〔四〕 1 死ぬものです 2 御連絡させていただきます 3 まだ寝ているにちがいありません 4 みんなに知れわたることでしょう

〔五〕 1・b 2・a 3・b 4・c 5・b 6・c 7・a 8・c 9・a 10・a

〔六〕 1 無理をしないでください 2 本社の上司《じょうし》への報告です 3 部屋に入ってください 4 歌を歌った 5 見に来ましょう

〔七〕 1 やみません 2 しに行きます 3 続いている 4 銀行に勤めています。

〔八〕 1・b 2・a 3・c 4・a

〔九〕 1 バスケットのような運動はやめてください
2 この経済状態はしばらく続くということです
3 軍事力がとぼしかったからです 4 七十四歳で死んだということです

〔十〕 ① よく ② おかげさまで ③ くれぐれも ④ よろしく ⑤ あいにく ⑥ いかが

第八章 総合問題

一 1・b 2・d 3・a 4・c

二 1・e 2・c 3・a 4・b 5・d

三 1 ①・a ②・e ③・d
2 ④・b ⑤・c

四 1・b 2・h 3・g 4・a 5・d 6・e
7・f 8・c

五 1・d 2・h 3・j 4・f 5・a 6・e
7・c 8・i 9・g 10・b

六 1・d 2・c 3・b 4・f 5・a 6・g
7・e

七 1・b 2・c 3・e 4・a 5・f 6・d

八 1・d 2・a 3・f 4・c 5・e 6・b

九 1・e 2・h 3・f 4・a 5・g 6・c
7・i 8・b 9・d

十 1・d 2・a 3・e 4・c 5・b

日本語例文問題18－読解：拡大文節の認知
作者：牧野成一、畑佐由紀子 ／ 售價：200元

日本語例文問題17－修飾
作者：宮地宏、サイモン遠藤陸子 ／ 售價：150元

日本語例文問題16－談話の構造
作者：日向茂男、日比谷潤子 ／ 售價：150元

日本語例文問題15－テンス・アスペクト・ムード
作者：加藤泰彦、福地務 ／ 售價：200元

日本語例文問題14－擬音語．擬態語
作者：日向茂男、日比谷潤子 ／ 售價：180元

日本語例文問題13－語彙
作者：三浦昭、マクグロイソ花岡直美 ／ 售價：150元

日本語例文問題12－発音・聴解
作者：土岐哲、村田水恵 ／ 售價：400元（附CD）

日本語例文問題11－表記法
作者：鈴林順子、石田敏子 ／ 售價：150元

日本語例文問題10－敬語
作者：平林周祐、浜由美子 ／ 售價：150元

日本語例文問題９－文体
作者：名柄迪、茅野直子 ／ 售價：150元

日本語例文問題８－助動詞
作者：北川千里、井口厚夫 ／ 售價：150元

日本語例文問題７－助詞
作者：北川千里、鎌田修、井口厚夫 ／售價：150元

日本語例文問題６－接続の表現
作者：横林宙世、下村彰子 ／ 售價：150元

日本語例文問題５－形容詞
作者：西原鈴子、川村よしこ、杉浦由紀子 ／ 售價：150元

日本語例文問題４－複合動詞
作者：新美和昭、山浦洋一、宇津野登久子 ／ 售價：200元

日本語例文問題３－動詞
作者：岩岡登代子、岡本きはみ ／ 售價：150元

日本語例文問題２－形式名詞
作者：名柄迪、広田紀子、中西家栄子 ／ 售價：150元

日本語例文問題１－副詞
作者：茅野直子、秋元美晴、真田一司 ／ 售價：200元

書本定價：200元

發　　行　　所：鴻 儒 堂 出 版 社
發　　行　　人：黃　　成　　業
地　　　　　址：台北市博愛路九號五樓之一
電　　　　　話：02-2311-3823
郵 政 劃 撥：01553001
電話傳真機：02-2361-2334
法 律 顧 問：蕭 雄 淋 律 師
一九九三年十一月初版一刷
二〇二一年　五月初版三刷

鴻儒堂出版社設有網頁，歡迎多加利用
網址：https://www.hjtbook.com.tw